LE PARRAIN
MAGNIFIQUE.

IMPRIMERIE DE H. FOURNIER,
RUE DE SEINE N. 14.

LE PARRAIN MAGNIFIQUE,

POËME EN DIX CHANTS,

OUVRAGE POSTHUME

DE GRESSET.

PARIS,

FURNE, LIBRAIRE-ÉDITEUR,

QUAI DES AUGUSTINS, N° 37.

MDCCCXXX.

AVERTISSEMENT

DE L'ÉDITION DE 1810.

Voici un poëme assez ancien, et qui sera cependant une nouveauté pour le monde littéraire. Connu seulement par une annonce très-sommaire dans la préface d'une édition assez récente de Gresset, et dans un ou deux opuscules aujourd'hui presque oubliés (1), on le considérait comme devant être ajouté à la longue liste des ouvrages dont il faut à jamais regretter la perte; et la célébrité de l'auteur rendait les regrets d'autant plus vifs. A peu près seulement dans la ville d'Amiens, on savait que ce poëme n'était point perdu, et qu'une, ou peut-être même plusieurs copies y étaient soigneusement conservées. On sait probablement aussi dans Amiens si le Gazetin existe encore, s'il est possible d'espérer de jamais recouvrer les deux chants des Pensionnaires et de l'Ouvroir: on y sait sans doute tout cela; mais hors de l'enceinte de cette ville, il n'y a que ténèbres sur ces points si intéressants pour l'histoire de notre poésie.

Imprimant une édition de Gresset, très-soignée, enrichie de belles gravures, je voulus lui donner un intérêt bien plus réel encore que l'élégance typographique, et je cherchai à l'enrichir de quelques-unes de ces pièces inédites dont le souvenir ne nous est

(1) Vie de Gresset, par L. D. (Louis Daire.) Paris, 1779, brochure in-12.

conservé que par une obscure et incertaine tradition. D'abord, je m'adressai à MM. Gresset, neveux et héritiers du chantre de Ver-Vert. Je me croyais assuré d'obtenir par cette voie ou le Parrain, ou le Gazetin, ou au moins de ces épîtres, odes, épigrammes, dont on prétend qu'un grand nombre existe encore en manuscrit, et dont il est impossible que quelques-unes au moins ne soient très-dignes des honneurs de l'impression. Le résultat de mes démarches fut une seule pièce assez jolie que MM. Gresset neveux voulurent bien me céder. C'est la Lettre d'un homme retiré du monde : elle est imprimée à la fin de ce volume. Trouvant si peu de chose de ce côté, il fallut diriger ailleurs mes recherches ; et enfin j'ai le plaisir de devoir à l'amitié la communication du charmant poëme du *Parrain magnifique*, dont la publication sera une sorte d'événement, et, j'ose le dire, un jour de fête pour les muses françaises. Sans doute, l'œuvre n'est point parfaite ; échappé sans efforts à la verve enjouée et facile d'un auteur qui ne tarda pas à se reprocher même ses chefs-d'œuvre immortels de la plaisanterie la plus ingénieuse et la plus innocente, le Parrain ne fut probablement point préparé pour l'impression ; il ne reçut point de l'auteur cette seconde création qui change, corrige, ajoute, et le plus souvent diminue, et rend enfin un ouvrage digne des regards du public, et des suffrages des gens du goût le plus difficile. Mais si le Parrain n'ajoute pas à la réputation de l'auteur de Ver-Vert et du Méchant, au moins on peut être certain qu'il ne la flétrira point, et que les partisans du bon goût, de la saine littérature, ne le reprocheront pas à l'éditeur comme une révélation indiscrète. Tel qu'il est, on ose se flatter que la publication en sera vue de bon œil, et que la gaieté, le charme, répandus dans tout le cours de cet ouvrage, rendront indulgent sur ses imperfections.

Si quelqu'un doute que l'ouvrage soit réellement de Gresset; si l'assurance que j'en donne ici n'est pas pour tous une preuve suffisante, j'inviterai les incrédules à vouloir bien lire successivement le Parrain, Ver-Vert, le Lutrin vivant, etc.; et je croirai ensuite n'avoir plus besoin de fournir d'autres preuves. Gresset a un ton, ou, si l'on veut, une manière bien caractérisée, qui n'est qu'à lui, et dont jusqu'ici personne n'a cherché à imiter les inimitables agréments, pas plus qu'à en copier maladroitement les défauts et les négligences; ce qui est cependant et plus ordinaire et beaucoup plus facile.

Il avait commencé pour le Parrain une préface dont un seul fragment a été retrouvé. Comme ce morceau est assez piquant, quoique non terminé, on le donne ici, de même que le début du Gazetin. Des quatre chants dont se compose ce poëme, qui a été achevé, et dont on se souvient à Amiens qu'il fit lecture, en 1771, dans une séance publique de la société littéraire de cette ville, on n'a pu jusqu'à présent recouvrer que ces cinquante-huit vers. Si l'on est quelque jour plus heureux, on s'empressera de rendre le public participant de cette bonne fortune.

On croit inutile de faire remarquer que rien n'est

plus exempt de tout fiel que les plaisanteries répandues, avec quelque profusion, dans les dix chants du Parrain. L'auteur a-t-il réellement eu en vue un abbé de Saint-Médard, près de Soissons, et quelque honnête bourgeois de cette même ville? c'est ce qu'il est bien impossible de vérifier; mais tout réels qu'auront pu être les héros de ce poëme, nécessairement ils ont depuis long-temps cessé de conserver le moindre intérêt aux vanités de ce monde; et d'ailleurs la publication du Parrain eût-elle été moins tardive, eût-elle été faite un peu plus tôt que cinquante ans après sa composition, et trente-trois ans après la mort de l'auteur (1), je crois bien que le bon monsieur Pommier, si jamais monsieur Pommier y a eu, bien loin d'en éprouver le moindre mécontentement, en aurait été au contraire infiniment flatté; car enfin figurer comme second personnage dans tout le cours d'un poëme, c'est bien assurément *être quelque chose une fois en sa vie.*

(1) Gresset mourut en 1777, et la date de la composition du Parrain remonte à l'année 1760.

FRAGMENT DE PRÉFACE

POUR

LE PARRAIN MAGNIFIQUE.

Notre siècle devient trop agréable, trop merveilleux, et nos auteurs aussi : il n'est presque plus du bon air de faire des préfaces. Ceux qui en font encore, même de nécessaires, ont le ridicule de s'en excuser, comme s'ils avaient fait mal en faisant bien : ceux qui n'en font point ont la petite prétention d'épargner de l'ennui, comme si quelques pages de plus auraient changé beaucoup à leurs opuscules. Pour moi, qui ai la simplicité d'être du vieux temps pour la façon d'écrire, pour les usages, pour la manie et la bonne foi de penser bien d'un autre, j'imagine qu'à moins qu'on ne doive se prévenir contre une maison de campagne, parce qu'elle a des avenues qui l'annoncent, on ne doit pas s'indisposer contre un ouvrage parce qu'il est précédé des éclaircissements qui l'intéressent. Si pourtant les préfaces étaient réellement passées de mode, ne pourrait-on point parvenir à les y remettre, au moyen de quelques légères attentions; par exemple, se vanter au lecteur le plus modestement qu'on pourrait; ne plus dire à gens qui ne le croient pas, qu'on n'imprime que malgré soi, pour prévenir le larcin d'un ami, ou le risque d'un ouvrage défiguré; ne plus supposer d'éditions qui n'ont jamais été faites, ni de traductions étrangères qu'on a fait faire soi-même; rendre gloire dans les avant-propos aux sources d'où l'on a tiré les choses neuves que l'on va produire...

LE

PARRAIN MAGNIFIQUE,

POËME.

CHANT PREMIER.

Je chante un sénateur qu'eût oublié l'histoire,
Qui, né pour les grands airs et pour la belle gloire,
Par choix ou par hasard jadis ambassadeur,
Conserve encor le ton de sa vieille grandeur,
Ministre dans sa tête, universel génie,
Dont l'unique défaut est d'être encore en vie,
Enfin digne parrain dont l'heureux souvenir
Doit être l'entretien des parrains à venir.
O toi, génie heureux qui célébras les fées,
Les noms des paladins, les fêtes, les trophées,
Reviens, raconte-moi le spectacle pompeux
D'un baptême ordonné par le parrain fameux;
Dis comment, malgré lui, des lenteurs infinies
Enchaînèrent son goût pour les cérémonies;
Et par quel art enfin il décida le sort
D'un enfant difficile à baptiser d'abord.
Loin du froid bel-esprit qui partout nous inonde,
Que l'heureuse gaîté seule ici te seconde;
Délasse-nous des vers dont l'emphase éblouit :

Le bel-esprit s'ennuie, et la gaîté jouit.
Chante, ou conte, à ton gré, sans la pénible forme
De récits alignés sous un ordre uniforme;
Laisse la toise et l'art aux pédants éternels;
Tout est bien, si tu plais aux esprits naturels.
Des épiques accents la noble mélodie
Te paraît pour ces riens trop grave ou trop hardie?
Aux sons alexandrins n'asservis point ta voix:
Que, seul, de tes accords l'instinct règle le choix.
Une monotone mesure
Oterait à mes chants l'air de facilité,
D'indépendance, et de variété,
Que demande ici la nature,
Et qui sied à la vérité.
Qu'est devenu ce charme de la vie,
Ce langage enchanteur, cette aimable folie,
Qui sait amuser la raison,
Loin du fastidieux jargon
De la basse bouffonnerie?
Quel séjour fortuné, quel palais nous envie
Ce naïf agrément, ce ton
D'excellente plaisanterie
Dont l'heureux Charleval et l'aimable Hamilton
Ont fait parler Canaie, Hocquincourt et Grammont,
Et Senante et Matta, le calife et Tarare!
Que ces peintres ingénieux
Ne peuvent-ils encor sur un fond digne d'eux
Verser ce coloris si facile et si rare!
Il faudrait leur talent, leur palette, leurs traits,
Pour bien rendre une autre aventure

Aussi bizarre que les faits
Dont leur riant génie acheva la peinture.
Mais comment de leur gloire espérer un rayon?
Des mains même de la nature
Ils tenaient des pinceaux, et je n'ai qu'un crayon.
Qu'y faire cependant? en justice et raison,
En conscience, on doit à la race future
Cette belle description.
J'aurais un éternel scrupule
Si, livré par ma faute aux ombres de l'oubli,
Ce dépôt, ce trésor restait enseveli.
Allons, puisqu'on le doit, puisque le ridicule
Est le bien du public, et qu'il faut qu'il circule;
Dans les fastes du monde inscrivons aujourd'hui
Le héros qui m'appelle à lui.
Si la police était un peu mieux établie,
Et le mérite mieux traité,
On pensionnerait aux frais de la patrie
Ces gens si précieux, si bons à la santé,
Qu'en naissant le ciel gratifie
De l'heureux don d'absurdité.
Mais si leur siècle ingrat a trop peu d'équité
Pour les récompenser dans le cours de leur vie,
Du moins qu'après leur mort, peints par la vérité,
Ils brillent dans toute leur gloire,
Et qu'une éternelle mémoire
Instruisant la postérité,
Ils soient dédommagés et vengés par l'histoire.

L'Automne, couronné de pampres et de fleurs,

Embellissait nos champs des plus riches couleurs;
Les Plaisirs, échappés du tumulte des villes,
Ramenaient les beaux jours des vacances tranquilles.
Les juges respiraient loin des sacs ennuyeux
Et des solliciteurs encor plus odieux.
Chaque vieux conseiller établi dans sa terre,
Faisait en surtout brun le tour de son parterre,
Promenait son bailli, contait tant bien que mal,
Et lisait la gazette ou l'Almanach royal.
De leur côté, menant les Plaisirs sur leurs traces,
Les jeunes magistrats, sémillants, radieux,
En bourse, en habit vert, et gaîment ennuyeux,
Parcouraient les châteaux, enfants gâtés des Graces;
Enfin il nous était rendu,
Ce mois de septembre attendu
Pour le retour heureux du Parrain que je chante.
Depuis long-temps l'enfant était venu;
Les parents, assurés d'une fête éclatante,
Touchaient à ce grand jour trop long-temps suspendu.
Mais vous qui m'écoutez peut-être sans m'entendre,
Et ne connaissez rien à tout ce monde-là,
Peut-être seriez-vous assez contents d'apprendre
Qui sont tous les gens que voilà.
Venez donc dissiper l'ombre qui m'environne,
O vous, original divin!
Qui vous croyez des lois la plus ferme colonne,
Vous, des climats français la troisième personne,
Si votre calcul est certain.
Paraissez; il est temps qu'au milieu des cantiques
Les nymphes de Mémoire encadrent vos reliques

Dans l'albâtre, le jaspe et l'or,
Pour montrer d'âge en âge et vous et vos chroniques,
Ainsi qu'à Saint-Denis l'on montre le trésor.
Que la haute importance et la gloire infinie
Dont vous eûtes vivants l'ame toute pétrie,
Échappent à jamais aux ombres du tombeau,
Et que la main du temps qui tire le rideau
Sur le peuple des morts et sur leur bourgeoisie,
Laisse brûler avec solennité
Devant votre auguste effigie
Le lumineux flambeau de l'immortalité.
S'il peut sortir ici des traits que je rassemble,
Dans le goût mâle et fier des têtes de Rimbrant,
Une image qui vous ressemble,
Une tête hardie, un médaillon frappant
Qui soit une antique en naissant,
Vous aurez assez fait pour la gloire suprême :
Mourez quand vous voudrez, magnifique Parrain,
Tous les temps parleront de votre heureux destin
Comme j'en vais parler moi-même.
Lisez-vous aujourd'hui comme si dans cent ans
Votre ombre encor sensible au parfum de l'encens
Revenait un beau jour au monde pour entendre
Ce que de vous alors dira le genre humain,
Et pour voir étendu tant qu'il pourra s'étendre
Ce faible laurier que ma main
Plante à-compte sur votre cendre.
Or commençons; il faut faire une fin.

Au point milieu du siècle dix-huitième,

Un grand homme du dix-septième,
Octogénaire, abbé, seigneur très-suzerain,
Très-pénétré de respect pour lui-même,
Et de protection pour tout le genre humain,
Devait nommer un enfant au baptême.
Quoique sans nom encor, l'enfant allant son train
Venait d'avoir deux ans sans avoir de Parrain.
Au reste en attendant qu'avec magnificence
La haute dignité, la gloire, la puissance,
Vinssent l'environner de la pompe des grands
Aux yeux de tout un peuple avide d'opulence,
De fêtes et d'événements,
Il était ondoyé. Le lieu de sa naissance
(Comme on vient au monde où l'on peut,
Et n'est pas de Paris qui veut)
N'était simplement qu'une ville
Comme cent autres, comme mille,
Excepté qu'elle avait l'honneur et l'agrément
D'être près des États de la riche abbaye
De monseigneur, qui très-communément
Nécessaire à la cour, affairé, tout-puissant,
Et sûr qu'il fait beaucoup au sort de la patrie,
Ne pouvait que très-rarement
Quitter les soins publics pour venir un moment
Oublier dans la solitude
Les grandeurs et la multitude.
Il est (si néanmoins en peignant ses talents,
Je puis tout dire, au hasard que l'envie
Interprète mal, amplifie,
Quelques traits fort indifférents;)

Il est le doyen de ces gens
Dont les prétentions éparpillent la vie
Loin de leur sphère et du bon sens,
Que la fureur d'être importants
Promène, agite, crucifie,
Et que leur vanité livre au pénible goût,
A la ridicule manie
D'être pour quelque chose en tout.
De la mouche du coche éternelle copie,
Toujours sur les chemins, martyrs de leur folie,
Et que Versailles voit partout
S'ennuyer eux et compagnie,
Traverser chaque jour vingt fois la galerie,
Toujours courants à tout hasard,
Toujours pressés sans être attendus nulle part,
Remplissant constamment la même destinée;
Et, malgré les dégoûts attachés à leurs pas,
Toujours contents au bout de leur journée
De s'être donné l'air d'un crédit qu'ils n'ont pas.
Encor s'ils n'y briguaient que l'heureux avantage
D'approcher, de servir et d'admirer un roi
Digne par ses vertus du plus touchant hommage,
Aussi grand, aussi cher sur le trône du sage
Que le jour où lui-même au milieu de l'orage
Au destin des combats donnant l'ame et la loi
Enchaînait la victoire aux champs de Fontenoi!
Ma raison ne proscrit que leur vaine importance,
Dans le désœuvrement jouant les embarras,
Leur fureur d'établir leur petite existence,
Et l'air d'être à la cour surtout n'en étant pas.

A ce sublime goût qu'il reçut en partage
Joignez chez Monseigneur la belle passion
De tout ce qui peut faire appareil, étalage,
Sujet de se montrer, représentation,
Cérémonie et personnage,
Audience, gala, jours de distinction,
Naissance, enterrement, baptême, mariage;
Vous l'auriez vu sous tous ces traits divers,
Tel qu'il naquit aux rives de la Seine,
Pour faire les plaisirs de la nature humaine
Et les honneurs de l'univers.
D'ailleurs instruit, profond, registre de l'autre âge,
Aigle sur l'étiquette et docteur de l'usage,
Conteur tranquille au milieu du fracas,
Très-brave homme dans tous les cas
Malgré son air brusque et sauvage,
Et toujours bon Français, quand il ne parle pas.
Parmi tant de soins nécessaires,
Tant de départements, tant de graves affaires,
En vain l'antique abbé voudrait venir souvent
Dans le château de l'abbaye
Pour y pouvoir tranquillement
Faire un peu de philosophie,
Comme il dit toujours en partant,
Quoique ce soit au fond pour faire de l'argent
Qu'il revient quelquefois dans sa châtellenie.
Au reste si ce lieu soumis à sa grandeur
Et le palais de la contrée
N'est que simple abbaye et non terre titrée,
Ce n'est point un reproche à faire à Monseigneur;

Car il a fait, dit la chronique,
Mainte sollicitation
Pour ôter à sa terre un vernis monastique,
Et maints projets d'érection
Pour faire au chef apostolique
Nommer son habitation
Marquisat ecclésiastique.
Ce beau plan, jusqu'ici vainement présenté,
Après tout, contre lui n'a que la nouveauté.
Mais un abbé qui n'est pas ordinaire
Mérite que pour lui l'Église daigne faire
Quelque chose d'inusité.
En attendant que ses raisons puissantes
Mettent cette aventure à fin,
Il en a dressé l'acte et les lettres patentes,
Où son panégyrique est tracé de sa main;
Et ne pouvant penser que les droits qu'il réclame
Soient éternellement répondus d'un refus,
Il jouit par avance, à compte et dans son ame;
Il est marquis *in partibus*.
Je ne m'arrête point à peindre sa figure.
L'ame, les actions des hommes éclatants,
Doivent seules franchir l'immensité des temps;
Et la mine n'est rien pour la race future.
Que nous importe l'air qu'avaient ou n'avaient pas
Mathusalem, Priam, le druide Adamas,
Les graves enchanteurs de la chevalerie,
Le grand Nostradamus, don Japhet d'Arménie,
Et le marquis de Carabas?
Hâtons-nous; tout est prêt: on ouvre la barrière.

Précédé, couronné de toute sa lumière,
Aussi grave que radieux,
Le héros des Parrains entre dans la carrière.
Il ne reste à savoir que les noms et les lieux;
Bagatelle. Avançons : je hais qu'on me poursuive
D'exactitude et de difficultés;
Vous saurez, dans leurs temps, lieux, noms et qualités;
Je ne serai point court, mais qui m'aime me suive.

FIN DU CHANT PREMIER.

CHANT SECOND.

Que vous êtes heureux, loin des soins importuns
D'une fidélité scrupuleuse, incommode,
O vous qui ne chantez que des héros défunts!
Vous les faites penser, parler à votre mode;
Avec ou sans nécessité;
Tout va, tout vient pour eux au gré de votre envie,
Et vous les promenez, en toute liberté,
Jusque dans des pays qu'ils n'ont vus de leur vie.
Au défaut de sujet, la fiction hardie
Vous prête ses trésors, ses ailes, ses clartés;
Vous pouvez inventer à votre fantaisie
Des temples, d'autres cieux, des palais enchantés,
Des mondes, des divinités,
Si vous en avez le génie,
Ou les trouver tout inventés,
Si vous n'avez reçu du dieu de l'harmonie
Que l'art du remplissage et le don de copie.
Mais moi, qui suis chargé des honneurs et des traits
D'un héros tout vivant et d'un Parrain tout frais,
De votre libre essor je n'ai point la ressource.
Un peuple de témoins démentirait ma voix
Si, supposant des faits, j'oubliais quelquefois
Que la vérité veille, et doit guider ma course.

Dès l'heureux jour où l'enfant souhaité,

Illustre et cher objet d'une douce espérance,
Avait comblé par sa naissance
Tous les vœux de sa parenté,
On avait pris la liberté
D'écrire au protecteur la plus humble requête,
Avec des compliments, d'une longueur honnête,
Pour le supplier d'être, à sa commodité,
L'ornement du baptême et l'astre de la fête;
(Distinction dont sa grandeur
Long-temps avant la noce avait flatté le père
Pour le payer par cet honneur
Des soins qu'il avait pris dans une longue affaire
Concernant l'abbaye et les droits du seigneur.)
L'épître très-respectueuse
Demandait au Parrain ses ordres sur l'enfant,
Sans oublier, en finissant,
Sa protection gracieuse.
Monseigneur avait répondu
Ou fait répondre un mot, qu'à son prochain voyage
Cela s'arrangerait : grande joie au ménage!
Et pour le filleul prétendu
Quelle fortune et quel heureux présage!
On avait galamment choisi dans les parents
Une marraine de vingt ans,
Aussi bien faite que gentille,
Dans tout l'éclat de son printemps,
Et capable de faire honneur à la famille,
Chez les petits et chez les grands.
Tout attendait dans l'ardeur la plus vive
L'instant où sa grandeur, cessant d'être captive,

Pourrait enfin laisser le soin de son emploi
Et l'État sur sa bonne foi.
Vient enfin ce grand jour, ce voyage sublime.
Monseigneur, affranchi dès chaînes de la cour,
Orne de sa présence un champêtre séjour;
Et le voilà voisin de la ville anonyme.

Près des champs de Soissons, sous un ciel enchanté,
Dans un vallon fertile, et riant et sauvage,
Où l'Aisne entre les fleurs qui bordent son rivage
Va son petit chemin avec tranquillité,
S'élève un vieux château, monacal édifice,
Dont l'air triste et maussade annonce un bénéfice.
Amas de bâtiments sans goût et sans clarté,
Mal tenus, et tombant chacun de leur côté.
Monseigneur cependant a fait de la dépense
Pour y répandre un air de grandeur, de puissance,
Et pour y consacrer sa mémoire et ses dons;
Car, grace à sa magnificence,
Les murs sont chamarrés de larges écussons,
D'attributs et de rondes bosses,
Partout le Saint-Esprit y pend à des cordons,
Et partout des lions y soutiennent des crosses;
Celliers, granges, pressoirs, remises, colombier,
Tout porte son cachet, tout répète ses titres;
Et la fermière et le fermier,
Et les dindons, y dorment sous des mitres.
Là pendant quinze jours, trois semaines au plus,
Que Monseigneur y passe à peu près chaque automne,
Des visites jamais il ne souffre l'abus.

Il s'est mis sur ce ton; il ne reçoit personne:
Soit amour du travail, soit amour du repos,
Soit qu'il ne soit pas fait pour des provinciaux.
Chacun place sa gloire où son penchant l'entraîne.
Que d'autres mettent leur grandeur
A tenir dans leur terre un état qui les gêne!
Ce n'est point là le goût de Monseigneur.
Sa maison redoutée, et fort loin à la ronde,
Inspirant un respect qu'il préfère à l'amour,
N'est point de ces châteaux ouverts à tout le monde,
Où les campagnards d'alentour
Avant qu'on soit levé viennent faire leur cour;
Où l'on voit, vers midi, de la ville voisine
Arriver gracieusement
Monsieur l'élu, monsieur le président,
En arbalète, ou portant la bottine,
Faire aux gens de Madame un petit compliment,
Et bâiller dans le parc en attendant qu'on dîne.
A l'abri de ces accidents
Et des périls d'une folle dépense,
L'illustre anachorète a, pour tous courtisans,
Son curé, son bailli, son greffier, et ses gens,
Ceux qui viennent payer les droits de sa mouvance,
Et les peuples heureux de son obéissance;
Plus heureux si le ciel n'eût pas fait les sergents!
Le peuple, accoutumé par une loi commune
A voir d'un œil respectueux
Tous les enfants gâtés de l'aveugle Fortune,
N'osait point censurer le maître de ces lieux,
Et croyait simplement qu'il ne ferme sa porte,

Que parce qu'il n'a là personne de sa sorte :
Mais les esprits qui pensent, à Soissons,
A force de réflexions,
Sur Monseigneur craignaient d'être obligés de croire
Qu'à toutes ses perfections
Il manquait un genre de gloire,
Et commençaient à se douter tout bas
Que si l'on écrivait quelque jour son histoire,
Sa libéralité pourrait bien n'avoir pas
Un grand rôle à jouer au temple de Mémoire.
Ces préjugés pourtant restaient encor secrets;
Et pour en décider en pleine connaissance,
On attendait le jour où sa magnificence
Devait éclater ou jamais.
Puisse-t-il, pour sa gloire, au moment qui s'approche,
D'un vice subalterne éviter le reproche,
Et donner une fête, un spectacle accompli,
En un mot un baptême illustre
Dont la postérité parle de lustre en lustre,
De la Ferté-Milon jusqu'à Château-Thierri,
De Saint-Gobin à Guise, et de Braine à Conci !

Autre bonne figure et sujet nécessaire,
La Jeunesse, doyen des gens de sa grandeur,
Et passant de deux ans la date octogénaire,
Arrive aussi par le même ordinaire,
Et dans la chaise à deux qui traîne Monseigneur.
Attachés l'un à l'autre en entrant dans le monde,
Et depuis plus de soixante ans,
Quoique éternellement l'un et l'autre se gronde,

Ils ne font qu'un; et si le ciel seconde
Leur amour pour la vie, et leurs arrangements,
Ensemble ils gagneront, dans une paix profonde,
La consommation des temps.
Formé par l'exemple et l'usage
Au ton des petits et des grands,
L'antique La Jeunesse, avec d'heureux talents,
A rempli plus d'un personnage :
Il fut d'abord, dans le bel âge,
Laquais, pour commencer, vers l'an quatre-vingt-dix,
Valet de chambre en l'an mil sept cent six :
De là suivant hors du royaume
Le Phénix des ambassadeurs,
Il s'est vu tour à tour, dans des jours bien flatteurs,
Courrier du cabinet, écuyer, majordome,
Quelquefois intendant, quelquefois gentilhomme;
Ensuite revenant en France,
Homme privé tout comme auparavant,
Et moins flatté des rangs que de la confiance,
Quoique, pour le public, il soit en apparence
Valet de chambre simplement,
Il est pourtant, au fond, personne principale
Dans la maison, portant de tout côté
Une inspection générale.
Toujours avec le ton de la propriété
Disant et *notre* et *nous ;* enfin étant le maître
Comme l'est par état tout vieux valet de prêtre.
Pour sa façon, au demeurant,
Qui ne peut être trop louée,
La Jeunesse y va bonnement.

Vous le voyez en veste assez communément,
Quoique toujours en perruque nouée,
Vieillard vert, sec, et sain; actif, partout présent;
Borgne, il est vrai, par un ordre suprême
Du Temps, qui nous détruit, nous éteint lentement.
Mais, malgré cet événement,
Voyant tout, suivant tout dans un détail extrême,
Ne laissant rien traîner; à toute heure prêchant
Les gens, les chiens, les chats, et Monseigneur lui-même;
Toujours fâché, toujours parlant,
Soit à quelqu'un, soit à personne;
Car, ainsi que son maître, il se parle, il bourdonne;
C'est un monologue ambulant.
Mais son air respectable et son bon caractère
M'arrêtent trop par leurs traits séduisants :
Soissons m'appelle au plus brillant mystère;
La Gloire y vole en ces moments,
Et sur un nuage d'encens
Elle vient éclairer les jeux et l'étiquette,
La gravité, les agréments,
Le cérémonial, la volupté discrète,
Les graces et les compliments;
Tandis qu'ailleurs, chargés d'inventer et de plaire,
Les arts les plus galants, les plaisirs enchanteurs,
Sans doute, assis sur l'or, et la soie, et les fleurs,
Préparent, d'une main légère,
Les présents de la fête et l'éclat des grandeurs.

FIN DU CHANT SECOND.

CHANT TROISIÈME.

Des portes de l'Aurore aux champs de l'Hespérie,
Des glaces du Lapon aux sables de Libye,
Tout voyageur dans ses destins errants,
S'il n'est qu'un homme obscur, un étranger vulgaire,
Peut échapper aux yeux des peuples différents,
Et couvrir du secret sa course solitaire.
Mais pour les hommes éminents,
Nulle terre n'est étrangère.
Ils semblent en tous lieux faits pour tous les états,
Comme l'astre dont la lumière
Appartient à tous les climats :
En vain ils veulent se soustraire
Aux tributs des mortels, à l'encens, au fracas;
Leur étoile toujours brille et trahit leurs pas.
Déjà l'agile messagère
Qui parcourt l'univers sur les ailes des vents,
Et de l'un à l'autre hémisphère
Attentive toujours aux grands événements,
Avertit les bourgeois de la marche des grands;
La Renommée, ou la gazette
De la paroisse, annonce aux environs,
Et l'écho fidèle répète,
Aux nouvellistes de Soissons,
Que Monseigneur enfin habite sa retraite.
Le père de l'enfant s'apprêtait à partir

Pour rappeler l'objet de sa demande,
Prendre l'ordre, presser, voir à quoi s'en tenir;
Mais Monseigneur par un billet lui mande
Qu'il se dispense de venir,
Qu'il se tienne en paix, qu'il attende,
Et que l'on aura soin de le faire avertir.
Quel est donc, direz-vous, le sujet qui l'arrête?
Va-t-il se rétracter, et dans ses embarras
Cherche-t-il un prétexte au refus qu'il apprête?
Qu'il décide! veut-il, ne veut-il pas la fête?
Il faut être parrain ou bien ne l'être pas.
Erreur; il vous fera connaître
Qu'on peut en même temps ne l'être pas et l'être.
Pourrai-je dévoiler les principes secrets,
Tous les ressorts, l'esprit de suite,
Et la combinaison des divers intérêts
Dans ce chef-d'œuvre de conduite?
Si je n'offrais ici que le récit des faits,
Monseigneur à vos yeux perdrait de son mérite.
La grandeur des motifs, la marche des projets
Doublent l'honneur du chef et l'éclat du succès.
Quoique sans rien conclure il ait écrit au père,
N'allez point en former d'injurieux soupçons,
Ni craindre qu'il révoque un honneur qu'on espère:
Ses délais, son silence avaient d'autres raisons.
D'abord, je vous l'avoue, il sentait quelque peine
D'avoir pris des engagements,
Et sa mauvaise humeur venait de la marraine,
Comme vous le verrez dans la suite des temps.
Cette fête d'ailleurs, à son ame incertaine,

Causait d'autres soucis beaucoup plus importants.
Dans sa profonde politique,
Et ses rêves de dignité,
Partagé tour à tour entre la vanité,
Et la balance économique,
Le vieux Seigneur avait bien médité;
Mais il n'avait rien arrêté
Sur la forme et le ton de ce jour magnifique.
D'une part, à la vérité,
Un baptême est bien beau pour un cœur enchanté
De tout ce qui s'appelle occasion publique,
Distinctions, marques d'autorité,
Et jouissance honorifique;
Mais il voit d'un autre côté
Qu'il faudrait un argent immense,
Un état somptueux, une horrible dépense,
Si lui-même, en nature, à Soissons transporté,
Accordait au public l'honneur de sa présence;
Qu'il faudrait aujourd'hui r'habiller sa maison,
Qui quelque temps encor peut aller toute nue;
De la grande livrée essuyer la façon,
Ériger en coureurs Nicolas et Simon,
Et de laquais d'emprunt lever une recrue;
Que de plus il faudrait indispensablement
Louer plusieurs chevaux pour renfort à ses rosses;
Car Monseigneur ne peut arriver décemment
Que dans trois ou quatre carrosses.
Enfin il rêve, il flotte, au dedans au dehors,
Entraîné, divisé par deux ames contraires.
S'il est doux d'écouter les harangues des corps,

De voir un peuple entier dans des transports sincères,
D'entendre autour de soi, gare, place, paix-là,
Et d'ouïr en passant les pères et les mères
Dire à leurs enfants, Le voilà :
Si rien n'est plus flatteur, plus grand que tout cela;
En tournant la médaille il est bien dur au prince
De se voir sur les bras une église, un enfant,
Un bailliage, une ville, un grand appartement,
Et les bons estomacs de messieurs de province,
Le tout à défrayer universellement.
Pour comble d'embarras il a promis au père :
Il est vrai que ce fut dans un premier moment
D'effusion, d'ardeur, pour se montrer et plaire,
Et sans trop réfléchir aux dépenses à faire.
Dans un pareil engagement
Qu'il ait eu tort ou non, Soissons a sa promesse.
Indécis, agité, dans un état cruel,
Il s'enferme avec La Jeunesse
Pour instruire l'affaire et juger sans appel :
Quoique de son projet il eût fait un mystère,
Redoutant l'œil de ce rude censeur,
La Jeunesse avait eu quelque vent de l'affaire;
Mais il n'avait encor rien dit à Monseigneur,
Se contentant par esprit de douceur
D'avoir l'air plus bourru, plus sec qu'à l'ordinaire.
Les voilà donc assis, formés compétemment,
Pour travailler de petit commissaire.
Sur la table appuyé fort impatiemment,
La Jeunesse, tout grommelant,
De ses deux longues mains cache son front sévère;

Et Monseigneur d'un ton tremblant
Bredouille de la cause un exposé sommaire :
Mais levant l'audience, et partant brusquement,
Au premier mot des frais et des cérémonies :
« Voilà de belles fantaisies
(Lui dit l'austère confident) ;
« On ne peut, Monseigneur, accorder vos folies
« Avec tout votre jugement.
« Cela fait trembler : à votre âge
« User son pauvre argent, sans profit, sans dessein?
« Voyez-moi le bel avantage,
« Vous serez bien plus gras quand vous serez Parrain !
« Les affaires d'autrui sont-elles donc les nôtres?
« A quoi nous sert notre bon sens?
« Est-ce à nous de payer le ménage des autres,
« Et la façon de leurs enfants ?
« Tandis que nous avons des instances pressantes,
« Tant de décimes à payer,
« Des réparations urgentes,
« Une maison à défrayer ;
« C'est bien le cas de vouloir faire
« Le magnifique, au lieu d'amasser, de jouir,
« D'épargner pour nous satisfaire
« Si dans neuf ou dix ans nous songeons à bâtir?
« Vous dites, J'ai promis. Oh ! je vois la finesse ;
« On vous sent d'une lieue, et je connais mes gens :
« Vous voulez de la gloire, et même à vos dépens ;
« Voilà le nœud de la promesse.
« Mais bref, promis ou non, abus ne fait pas loi,
« Comme vingt fois par jour vous le dites vous-même.

« Somme totale, à votre place, moi,
« Je refuserais le baptême.
« Vous secouez la tête et prenez de travers
« Mes conseils et ma prévoyance;
« Mais, moi, pour ne vous pas servir à plats couverts
« Je suis bien aise ici de vous dire d'avance
« Que je n'irai point à Soissons :
« Voilà le fait; et nous verrons.
« Si vous partez, pour votre extravagance,
« Vous servira là qui voudra,
« Je m'en lave les mains; et quant à la dépense,
« Nous verrons un peu qui paîra.
« Ce ne sera pas moi, tout est dit sur cela.
« Je ne suis pas le doyen du royaume,
« Ni le plus capable des grands;
« Je n'attends pas, depuis bientôt trente ans,
« Qu'il m'arrive un chapeau de Rome.
« Je n'ai ni cordon bleu, ni titre, ni latin,
« Ni pouvoir dans l'État, ni tapis dans l'église;
« Mais j'ai le sens commun. Je sors, car à la fin
« Vous me feriez dire quelque sottise. »

O pouvoir enchanteur, ô charme singulier
De la douce et tendre éloquence!
Frappé de l'énergie et séduit par l'aisance
De son véridique écuyer,
Le héros méditant en son particulier,
Cherche si quelque heureuse adresse
Ne pourrait pas concilier

Et sa parole, et La Jeunesse,
Et le goût de l'épargne, et le goût de briller.
Comment donc se tirer de cette grande affaire?
Avec l'esprit d'administration
On se tire de tout. L'auguste solitaire
Résout, sublime invention!
De n'être plus que Parrain honoraire,
Et de nommer l'enfant par procuration.
Ainsi par d'heureux tours, des marches étrangères,
Les négociateurs, les aigles des affaires,
Expliquant les traités, et, sûrs dans tous les cas
Que les engagements sont des mots arbitraires
Ou des faiblesses populaires,
Savent tenir parole en ne la tenant pas.
Quoi qu'il en soit, cela revient au même
Pour le filleul en herbe; et déjà Monseigneur,
Sans s'imposer une dépense extrême,
Fait aux parents un don assez flatteur
En leur accordant, pour faveur,
Que l'acte solennel de leur petit baptême
Soit à jamais orné des noms de sa grandeur.
D'ailleurs l'argent n'est rien, excepté quand on l'aime;
Et l'essentiel est l'honneur.
Maintenant l'importante affaire
Est de trouver dans les murs de Soissons
Un sujet fait exprès, un heureux caractère,
Un substitut enfin, dont l'ame et les façons
Répondent à l'esprit du Parrain titulaire.
Monseigneur va choisir. Fortune, ouvre à mes yeux

Ce livre d'or où les noms des heureux
Sont écrits en traits de lumière,
Et de lauriers tout neufs viens semer la carrière
D'un provincial glorieux.

FIN DU CHANT TROISIÈME.

CHANT QUATRIÈME.

Quel est le favori des graces et des fées,
Le fortuné mortel à qui les destinées
Vont procurer pour ce jour de splendeur
    Les pleins-pouvoirs de Monseigneur,
    Et la félicité suprême
D'être garçon-parrain d'un aussi grand baptême?
    Incorruptible vérité,
Dans tous les agréments de sa prospérité
De ton burin profond grave cet heureux sage
Qui, d'abord dans la paix des vertus du ménage
Et les petits honneurs de sa chère cité,
Parvenu sans grand bruit aux deux tiers de son âge,
Va d'un destin bourgeois franchir l'obscurité,
Aux yeux de l'univers jouer un personnage,
Et marcher tout à coup à l'immortalité
    Sans s'en être jamais douté.
Vous, qui ne connaissez que les bords de la Seine,
    Et le spectacle de la cour,
Vous n'imaginez point l'importance qu'entraîne
L'honneur d'être chargé de la fête du jour.
Peut-être un tel emploi vous paraît assez mince;
Mais vous en sentiriez tout l'éclat, tout le poids,
    Si vous habitiez quelquefois
    Dans une ville de province.
C'est là que, séparé de tous les grands objets

Qui de l'ambition peuvent flatter l'ivresse
Et la justifier par l'éclat des projets,
Le cœur humain fait voir toute sa petitesse
Dans la chétive gloire et les sots intérêts
Que les provinciaux se disputent sans cesse;
C'est là que plus qu'ailleurs règne la vanité,
La fureur des honneurs et des cérémonies;
　　Parmi la petite fierté,
　　Les jeunes généalogies,
　　L'épineuse formalité,
　　L'insatiable dignité,
　　Les préséances infinies,
　　Les querelles, les jalousies,
　　Et le commérage escorté
　　D'un essaim de tracasseries;
Là tout est remarqué, tout fait événement;
La plus mince aventure est un objet d'envie.
On s'honore de tout, chacun a la manie
　　De faire spectacle un moment,
Et d'être quelque chose une fois en sa vie;
　　Ne fût-on que pour le fauteuil
　　Dans sa petite académie,
　　Ou prévôt de sa confrérie,
　　Ou premier manteau dans un deuil.
　　Sur cette image très-sincère
Que je crayonne ici sans fadeur et sans art,
Jugez de tout l'effet que dans Soissons va faire
Le bonheur du mortel qu'au poids du caractère,
　Et non au gré de l'aveugle hasard,
Monseigneur va créer plénipotentiaire

Pour briller en son nom et plaire de sa part.
Dans une si belle carrière
Tout n'est point dépendant de la fatalité;
Quelquefois on a vu la raison, l'équité,
Dispenser avec choix les fortunes célèbres;
Et des honneurs inattendus
Ont cherché le mérite au fond de ses ténèbres;
Ils trouvèrent Cincinnatus
Au coin d'un mauvais feu, mais au sein des vertus;
Cet heureux temps renaît. Guidé par la sagesse,
Le choix est fait, et sans que La Jeunesse
Sache rien du nouveau projet,
Monseigneur à Soissons écrit en grand secret
Au plus grave habitant de ces heureux rivages,
Vertueux citoyen digne des premiers âges,
Homme prudent, capable, autrefois marguillier;
De plus, maire actuel, sachant bien les usages,
Tout dressé par sa place au talent de briller;
D'ailleurs très-beau particulier;
Enchanté de se voir au rang des personnages,
Homme rare, homme unique, enfin monsieur Pommier.
Qui dit monsieur Pommier, dit le père des fêtes;
C'est lui-même, c'est lui dont les inventions,
Toujours neuves et toujours prêtes,
Pendant sept ans d'exploits, de gloire, et de conquêtes,
De *Te Deum*, de feux, et d'indigestions,
Ont eut l'art d'embellir, d'illuminer Soissons
Des caves jusques aux gouttières,
Et de le réjouir de toutes les manières.
C'est de lui que nous vient cet art ingénieux

De couper sa chandelle en deux
Pour multiplier ses lumières.
Ces belles fêtes avaient eu
Tout le succès conforme à leur génie;
Et le bruit, dans le temps, en était parvenu
Jusqu'au château de l'abbaye.
Monseigneur à propos ici se rappelant
Le goût marqué, les connaissances,
L'art de monsieur Pommier pour les réjouissances,
Détermina son choix pour le talent;
D'autant plus que parmi les vertus infinies
De ce généreux citoyen,
On racontait de lui que, loin de garder rien
De l'argent destiné pour les cérémonies,
Souvent sans se vanter il avait mis du sien;
Regardant comme à lui, comme sa propre histoire,
Ces jours d'allégresse et d'éclat,
Où passant en robe, en rabat,
A travers les drapeaux, les huissiers, et la gloire,
Il croyait marcher aux combats
Et revenir de la victoire
A la tête des magistrats.
Après cette image fidèle
De son goût et de son bon cœur,
Monseigneur pouvait-il pour la fête nouvelle
Prendre un plus digne ordonnateur,
Un plus brillant coadjuteur?
La très-haute et très-noble épître
N'omet rien pour amplifier
Aux regards de monsieur Pommier

La splendeur de son nouveau titre.
Défense d'en parler : on lui mande au surplus
De se rendre au palais, chef-lieu de l'abbaye,
Dans deux jours ; d'y venir, seul de sa compagnie,
Le matin, au plus tard neuf heures et demie,
Pour régler et fixer, selon tous les statuts,
L'étiquette et les frais de la cérémonie ;
En un mot pour y faire un travail là-dessus :
Deux jours lui sont donnés ! un génie ordinaire,
Petit seigneur frivole, et de ces imprudents
Qui ne font rien qu'à la légère,
Sur-le-champ l'eût mandé sans lui laisser de temps
Pour approfondir sa matière
Avant que d'en venir à des arrangements ;
Mais un homme d'état doit marcher à pas lents,
Et sait envelopper des voiles du mystère
Les plus petits événements.
Vous me direz aussi peut-être
Qu'il vous aurait paru plus simple d'envoyer
Les chevaux à monsieur Pommier ;
Mais souvent les chevaux n'ont que l'esprit du maître ;
Et ceux-ci n'aiment point à se sacrifier.
Fermez-vous à jamais, tombez dans les ténèbres,
Volumes odieux des stoïques pédants,
Vous qui ne peignez l'homme et ses plus doux instants
Que sous un crêpe affreux et des couleurs funèbres !
Disparaissez en même temps,
Froids traités du bonheur, faits par des mécontents ;
Vous qui, désavouant les dons de la nature,
Soumettez le plaisir aux calculs, aux compas ;

Et flétrissant les fleurs qui naissent sous nos pas,
Concluez qu'il n'est point de félicité pure
Dans les régions d'ici-bas.
De cette morale plaintive
Si quelqu'un prêche encor les dogmes rigoureux,
Qu'il vienne à Soissons, qu'il me suive;
Je vais lui montrer un heureux
Dans la volupté la plus vive.
J'essaierais de tracer ce mortel fortuné
Au moment qu'il apprend sa gloire singulière,
Si malheureusement l'art n'était trop borné
Pour bien peindre jamais dans toute sa lumière
La face d'un prédestiné.
Monsieur Pommier, rempli de la scène frappante
Où son goût pour l'éclat va se manifester,
Sent d'autant mieux combien ce jour doit le flatter,
Qu'il va représenter celui qui représente
Tout ce qu'on peut représenter.
Que de noms, que de droits on daigne lui commettre!
Mais pour suffire à tant d'honneur,
Tout son embarras est comment il faut se mettre,
Le jour d'un rôle si flatteur.
Comment montrer en bloc l'antique sénateur,
L'homme honoraire, l'ex-docteur,
Le primat du conseil, la lumière suprême
De l'Église et du diadême,
Le ministre, l'ambassadeur,
Le doyen des Français, la patrie elle-même,
Dans tout l'éclat de sa grandeur?
Monsieur Pommier s'y brouille, il a perdu la tête;

Il n'y comprend plus rien ; mais n'importe, il arrête
De ne rien épargner pour sa commission ;
Bien convaincu que l'auteur de la fête,
Dans une telle occasion,
Contredisant la réputation
Que, dans quelques esprits, l'ignorance lui prête,
Va tout payer, tout faire avec profusion.
L'impartialité ne tient point la balance
De nos jugements sur autrui ;
Nos propres intérêts ou pour ou contre lui
En décident la différence :
On dénigrait hier tel qu'on vante aujourd'hui.
De l'humble protégé l'ame heureuse et ravie,
Pour le haut protecteur lui donne d'autres yeux,
Il ne lui trouve plus que de l'économie
Où d'autres pensent voir quelque chose de mieux ;
Et dans le cas présent il se fonde, il s'appuie
Sur un raisonnement qu'il croit victorieux ;
Car enfin il faut bien raisonner dans la vie.
Monseigneur ne fait rien comme un particulier :
Eût-il prêté son nom à la cérémonie,
Si, dans un jour unique il n'allait déployer
Et la magnificence et la galanterie.
D'ailleurs le cher monsieur Pommier,
Au caractère d'or qu'il tient de la nature,
A joint l'expérience et beaucoup de lecture ;
Il sait d'après un livre et par des faits nombreux,
Qu'il n'est chère partout que d'avaricieux.
Sur cette maxime certaine,
Il ne doute de rien, la gloire le promène

Dans ses sublimes régions.
L'urne de l'opulence, à sa voix souveraine,
Verse l'or et les fruits de toutes les saisons;
Enfin il voit les galions
Remonter les rives de l'Aisne,
Et faire voile vers Soissons.
O crédules humains! ô funeste ignorance
De l'impénétrable avenir!
En vain son livre obscur semble pour nous s'ouvrir
Sous la main de l'expérience;
Soudain il se referme à la voix du désir
Et de la folle confiance.
On a beau vivre, voir, regretter et souffrir;
Rien ne peut corriger l'éternelle imprudence
Qui nous dévoue à l'espérance
Pour nous livrer au repentir.

FIN DU CHANT QUATRIÈME.

CHANT CINQUIÈME.

Reine de nos plaisirs, lumière de la vie,
Heureuse imagination !
Pourquoi sur tes bienfaits versons-nous le poison
D'une sombre philosophie ?
Tu sers mieux l'univers que la froide Raison,
Qui, d'alarmes, de soins, d'ennuis environnée,
Anéantit sur son chemin
Les plaisirs de chaque journée
Par les craintes du lendemain :
C'est toi seule, c'est toi, bienfaisante déesse,
Qui remplaces par tes faveurs
Tous les biens refusés à l'humaine faiblesse.
Règne, étends sur nos jours les heureuses erreurs,
L'utile illusion, la paix, la douce ivresse;
Et que ta main enchanteresse
Nous cache l'avenir sous un voile de fleurs.
Déjà, tout rayonnant de sa splendeur future,
Trop enthousiasmé, trop plein de son objet
Pour rester froidement discret
Et sans un confident de sa rare aventure,
Le sous-parrain, d'un air et digne et satisfait,
Conte à tout le monde en secret
Le glorieux emploi que le sort lui procure.
Vous, sa lumière, ô vous, de tous ses sentiments
Précieuse dépositaire,

Que n'a-t-il d'un si grand mystère,
Dans ses tendres embrassements,
Pu vous instruire la première !
Ah ! madame Pommier, quel contre-temps diffère
Vos mutuels ravissements !
Pourquoi faut-il qu'une importante affaire
Vous retienne à Noyon dans ces premiers moments
Près de monsieur votre cher père !
Que votre style aisé nous serait nécessaire
Pour faire la chouette à tous les compliments,
Et soulager monsieur dans tous les mouvements
Que va causer le bruit de son destin prospère !
Vous qui sans dire assez savez parler beaucoup,
Faire très-bien, dit-on, les honneurs d'une table,
Boire quatre santés d'un coup,
Et pour la compagnie être tout agréable;
Que ne vous aperçois-je au milieu du fracas !
« Sangaride ! ce jour (1)!.. Mais je ne la vois pas. »
De son éloignement que nous sommes à plaindre !
Qu'elle était bonne à voir et difficile à peindre !
Vainement on veut l'arrêter;
Pour échapper à tout, le secret a des ailes.
Tout le quartier déjà sait les grandes nouvelles;
Tout Soissons les apprend, tout vient complimenter:
Et quoiqu'au fond du cœur chacun séchant d'envie,
Donne au diable l'heureux qui va représenter,
Chacun d'un air riant vient le féliciter,
Tout en crevant de jalousie.

(1) ...... est un grand jour pour vous !
QUINAULT.

Lui, dans son nouveau rang gardant sa modestie,
Populaire au sein des grandeurs,
Et démentant cette voix qui publie
Que la fortune et les honneurs
Font d'un bon homme un fat, et corrompent les mœurs;
Lui, plus grand que son titre, au fort de la cohue,
Et des hommages et du bruit,
Est tout comme il était. Il se montre, il salue,
Reçoit l'un, tend la main à l'autre qui le suit;
Promène également son sourire et sa vue;
Dit un mot à chacun : il embrasse, il poursuit,
Il accompagne, il reconduit
Jusqu'à la porte de la rue:
Sa grande ame, paisible au sein de la rumeur,
Sans jamais se tromper, répète et distribue
La même phrase continue:
« Bien obligé! très-humble serviteur! »
Il rit au peuple, enfin il daigne plaire
Comme s'il n'était rien, comme un homme ordinaire.
Parmi les compliments, les serrements de mains,
Les conseillers, les Révérences,
L'Élection, les Célestins,
Les chanoines poudrés, les commis des finances,
Les tourrières, les échevins,
Et le gardien des Capucins,
Il arrive une de ces scènes
Faites pour tout soumettre et pour tout attendrir;
Où les cœurs se sentent saisir
Par des impressions soudaines
D'humanité, d'intérêt, de plaisir,

Qu'accompagnent des pleurs qu'on ne peut retenir.
Avec la mère, la marraine,
Et le corps de la parenté,
Le père paraît. Il amène.
L'illustre enfant qui marche à peine.
Quel objet! quels instants de sensibilité!
Tout se range à l'aspect d'une tête si chère.
Monsieur Pommier, frappé d'un trouble involontaire,
Tout en larmes, saisi, palpitant, enchanté,
Lui tend les bras, le considère,
Trouve qu'il est joli, charmant en vérité.
Plein de vivacité, bien nourri, bien planté,
Et que c'est le portrait de madame sa mère:
Il l'embrasse en pleurant; l'enfant épouvanté,
Ne sachant ce qu'on veut, pleure de son côté,
Et cherche à se cacher sous l'habit de son père.
On vante son esprit, égal à sa beauté;
Monsieur Pommier prédit à l'assistance
La fortune future et la prospérité
D'un des premiers filleuls des provinces de France.
Tel parmi les plaideurs, les cris, les doux encens,
Et la pompe de l'audience,
Le célèbre Dandin, ému de tous ses sens,
Contemplant avec complaisance
Les orphelins intéressants
Qu'à ses pieds défend l'éloquence,
Allait vanter leurs traits, ces graces de l'enfance,
Ce charme si touchant de l'ingénuité,
Si leur subite humidité,
Dérangeant sa robe et sa phrase,

Ne l'eût un peu désenchanté
Au beau milieu de son extase.
Après l'assaut des premiers compliments,
J'aurais imaginé, vous l'auriez cru peut-être,
Qu'enfin monsieur Pommier, que voilà sur les dents,
Rouge comme le feu, brisé, gonflé d'encens,
Aurait put respirer, s'asseoir, se reconnaître,
Fermer sa porte, et n'avoir seulement
Qu'à se montrer à la fenêtre;
Mais il entre un détachement
De tous les marchands de la ville,
Qui, se succédant à la file,
Viennent retenir date et s'offrir humblement
Pour tout ce qui peut être utile
Dans un si grand événement.
Il voit entrer de compagnie
Des ouvriers de toutes les façons,
Les uns pour la tapisserie,
D'autres pour les flambeaux, d'autres pour la bougie,
Pour le feu d'artifice, et pour les lampions;
Un barbouilleur en chef de décorations,
Des marchandes de nœuds, d'aigrettes, de pompons,
Les fifres de la bourgeoisie,
Le serpent du chapitre, avec dix violons,
Et les enfants de chœur tous en cérémonie;
L'imprimeur des relations,
Des vendeuses de fleurs, d'oranges, de citrons;
Un vieux faiseur de Malvoisie,
Et tous les traiteurs de Soissons.
L'un deux, plus fin que tous, capable d'un système,

Ne parlant qu'à l'oreille, avec réflexion,
Lui demande l'honneur de sa protection,
Et s'offre d'entreprendre à lui seul le baptême,
S'il veut en ordonner l'adjudication,
Et favoriser son enchère,
Ainsi qu'il se pratique en plus d'une cité
Lorsqu'à monsieur le Secrétaire
On a fait une honnêteté.
Monsieur Pommier, toujours le meilleur cœur du monde
Les voit, les entend tous sans ennui, sans hauteur,
Avec cet air, ce ton d'humanité profonde
Qui fait adorer la grandeur
Quand elle est sans orgueil et surtout sans humeur.
A tous l'un après l'autre il promet sa pratique;
Il promet dans la bonne foi;
Et, par bonté de cœur, il arrête de quoi
Baptiser une république.
Le second jour, sans doute, aurait vu la maison
Remplie également de tumulte et de monde,
Et le maître eût encor subi l'obsession
De ces gens désœuvrés dont la province abonde,
Sans pouvoir travailler sur sa commission;
Mais il ferme sa porte à leur procession.
Nouvellistes, rentiers, oisive multitude,
Demeurez sur la place, et respectez un temps
Dont se consacrent les instants
Au travail, à la solitude.
Je vois monsieur Pommier entamer gravement
Une très-sérieuse étude,
Qui doit prouver son goût et tout son jugement;

Dans ses premiers transports, dans le bruit de la veille,
Il n'a vu qu'un torrent de graces, de splendeur;
Mais aujourd'hui, plus calme au moment qu'il s'éveille,
Il embrasse en esprit l'avenir enchanteur;
Il suit tous les détails; chaque objet, chaque honneur,
Déploie et rend plus vifs sur sa face vermeille
Les rayons du plaisir qui pénètre son cœur.
Trop heureuse la créature
Redevable aux cieux bienfaisants
D'un de ces bons esprits sans nul effort contents,
Qui font honneur à la nature!
Monsieur Pommier se livre au plus brillant augure:
Enchanté dans son ame, heureux de tous ses sens,
Il ne rêve qu'honneurs, pompe, hommages, parures,
Corbeille de fleurs et gants blancs;
Massiers, suisses, bedeaux, tous bardés de rubans,
Et pompons de toutes figures,
Marche auguste, spontons, bourgeois battant aux champ
Entremêlant de Mars tous les fiers agréments
Au doux éclat de la magistrature;
Illuminations, feux d'artifice, encens,
Cloches et violons, tambours et compliments,
Emblèmes sur la conjoncture,
Des odes de pays, et des vers de parents,
Peuple en foule, applaudissements,
Libéralité sans mesure,
Deux fontaines de vin enivrant les passants;
Et pour couronner l'aventure,
Le carrosse du corps, ses armes et ses gens.
Il enregistre tout de cette main légère

Dont on écrit des frais pour le compte d'autrui ;
Et n'ayant pour sa part nulle autre avance à faire
Que de se montrer et de plaire,
Il ordonne comme pour lui.
J'oubliais le souper, dans le détail immense
Des chapitres de la dépense ;
Mais l'attentif monsieur Pommier
N'est point un homme à l'oublier.
Après un bal paré, dont il ouvre la scène
Avec madame la marraine,
Bientôt au son des cors, des fifres, des hautbois,
Il se voit passer avec poids
Et révérences infinies
Dans une salle où cent bougies
Éclairent le banquet et les trésors divers
Et les dépouilles réunies
Des plaines, des jardins, des forêts et des mers,
Et tous les vins de l'univers.
Là, d'avance, en idée, il se contemple à table
Seul avec vingt beautés dans tous leurs ornements ;
Derrière leurs fauteuils il voit les jeunes gens
Servir chacun sa dame avec des soins aimables,
Et les maris debout et dans l'éloignement,
Pétrifiés d'étonnement
A ces tableaux pour eux moins agréables.
Il adresse à chacune, en dépit des tenants,
La petite galanterie,
Le mot pour rire avec le double sens,
Et la petite facétie ;
Ensuite, avec autorité,

Interrompant le ton folâtre
Pour reprendre la gravité,
Et se levant en pied pour un coup de théâtre,
Du Parrain-Monseigneur il porte la santé :
Et dans les formes solennelles
On boit à son éternité
Aux fanfares universelles.
Monsieur Pommier voit tout cela
Comme présent et comme si déjà
Il était au milieu, disant à chaque belle :
« Madame ne fait rien, ou madame en veut-elle ? »
Il se livre à l'essor de ses illusions.
Outre la bonne compagnie
De la ville, il croit voir arriver à Soissons
Les étrangers de tous les environs
Qui viennent assister à la cérémonie :
Des dames de Chauni, des chanoines de Laon,
Et jusqu'à des messieurs de la ville de Ham ;
Il se les représente étonnés de sa gloire,
Enviant sa félicité,
Et revenant prôner chacun dans leur cité
Ce jour de fête et de victoire,
Ce jour d'éternelle mémoire
Pour les petits Pommier de la postérité.
Enfin, pour opérer avec solidité
Tant sur le principal que pour tout l'accessoire
De sa nouvelle dignité,
Et ne rien épargner de la formalité,
C'est peu de parcourir avec des soins extrêmes
Tous les registres de baptêmes

Qu'il peut trouver depuis la fin des temps païens,
Et depuis que Soissons a des enfants chrétiens :
Long-temps avant Clovis il remonte à l'histoire,
  Pour recueillir tout ce qu'ont inventé
    Les parrains de l'antiquité,
    Et pour en orner son mémoire.
De ce travail ingrat il dévore l'ennui
    Avec un courage incroyable ;
  Mais trop pressé pour extraire aujourd'hui
Une foule d'auteurs épars autour de lui,
De tous, l'un après l'autre, il consulte la table,
Et cherche au mot *parrain*, pour savoir là-dessus
    Ce que les écrivains connus
    Nous ont conservé de notable.
  Monsieur Pommier sait combien Monseigneur
A de tact et de goût pour la littérature
Des factums, des calculs, et pour l'art enchanteur
    Des belles pièces d'écriture :
Il compose un ouvrage, et veut se faire honneur
Par l'exposition suivie et raisonnée
    Des apprêts de cette journée.
Quel mortel plus heureux ! La seule peur qu'il a
    Est qu'il ne pleuve ce jour-là.

FIN DU CHANT CINQUIÈME.

CHANT SIXIÈME.

Les situations nous font ce que nous sommes ;
Le talent reste obscur dans un humble destin,
C'est aux occasions à créer les grands hommes,
Monsieur Pommier en est un monument certain :
Il n'aurait été rien, s'il n'eût été parrain ;
Sa fortune à l'instant développe le germe
D'un génie au-dessus du poids des dignités,
Et met dans tout son jour ce caractère ferme,
Qui, ne cédant jamais aux contrariétés,
D'un pas égal et sûr avance vers le terme,
    Et commande aux difficultés.

O nuit! c'est trop long-temps nous couvrir de tes ombres
Monsieur Pommier peut-il, par l'attente agité,
Prendre un moment de calme en ton obscurité?
    Va déployer tes voiles sombres
    Sur les rivages du couchant,
Et qu'un sillon de pourpre entr'ouvre l'orient.
Les temps sont arrivés : la diligente Aurore,
De roses couronnée et rappelant l'Amour,
    Renouvelle aux portes du Jour
La fraîcheur des Zéphyrs et les parfums de Flore.
    Du sein brillant des cieux ouverts,
Aux plaines de Soissons la Fortune s'avance,
Menant à ses côtés, sur le trône des airs,

La Gloire, la Faveur, le Succès, la Puissance,
Les Plaisirs couronnés de myrtes toujours verts;
Tous les Songes du jour, les Vœux, la Confiance,
L'intrépide Amour-propre, et l'heureuse Espérance,
Qui d'un regard vainqueur parcourt tout l'univers.
Enfin versant partout la joie et l'abondance,
La nature, avec complaisance,
Des plus vives couleurs s'empresse de parer
Ce grand jour qui doit éclairer
La mémorable conférence.
Monsieur Pommier est prêt : il a loué d'avance
Une voiture et tous ses agréments,
Chaise solide dont les ans
Et divers voyageurs et divers accidents,
Ont éprouvé la consistance;
Quatre chevaux choisis, non dans l'adolescence
De ces fougueux coursiers étourdis et brillants,
Pleins de fierté, d'ardeur, d'impatience,
Qui respirant la flamme, et plus prompts que les vents,
Verseraient le grand Turc, et gagneraient les champs;
Mais des chevaux majeurs, enfants d'obéissance,
Revenus depuis très-long-temps
De l'âge des égarements,
Et mûris par l'expérience.
Leurs crins rares et courts sont nattés et garnis
De pompons où le rose et le blanc sont unis.
Symbole de la circonstance,
Chef-d'œuvre du bon goût; car monsieur Pommier pense
Que les couleurs et les chiffres du jour
Doivent entrelacer les roses de l'Amour

Avec les lis de l'Innocence :
Enfin, pour prévenir tous les événements
D'une indiscrète pétulance,
Il a loué cocher et postillon prudents,
Sans prétention, sans enfance,
Tous deux stylés long-temps avant leur vétérance
A conduire le coche au doux pas du bon sens,
En cocarde tous deux, habits bourgeois, gants blancs,
En cheveux longs, flottant sans art, sans violence,
Poudrés par la nature et la neige des ans,
Et faits pour rassurer par leur air de prudence.
Joignez à ce train neuf un vieux petit laquais,
Historié de même, en redingote brune,
A larges boutons verts, de grosseur non commune,
Et vous aurez vu tous les traits
Du char qui va porter un maire et sa fortune.
Dans un si leste et si beau train,
Où le fond ne perd rien aux graces de la forme,
Quel sera le digne uniforme
D'un député pour plaire, et d'un vice-parrain?
Qu'on est heureux d'avoir les dons de la figure
Quand on doit se trouver dans de certains instants!
N'importe, il ne faut point négliger sa parure,
Ni paraître ignorer le bon goût de son temps.
Monsieur Pommier a vu Paris, et nos charmants
De la haute magistrature;
Il a de leurs travers saisi les plus frappants.
Plus apprêté, plus droit que les beaux présidents,
Il part pour sa grande aventure,
En grand habit de cour, avec les ornements

Que l'art peut ajouter aux dons de la nature :
Perruque qu'on croirait sa propre chevelure,
Bel habit noir du jour, petit manteau bien plat,
Cravate qui bannit l'air triste du rabat ;
Des manchettes sans prix, élégante chaussure,
Boucles de diamants, distinctive parure
Des merveilleux de son état ;
Enfin aussi brillant que l'on brille au sénat,
Et poudré jusqu'à la ceinture,
Des graces, du bon air, il conserve l'éclat
Dans la rondeur et la carrure
D'un véritable magistrat.
Il réunit dans toute sa personne
L'air empesé d'un docteur de Sorbonne,
La vieille gravité d'un conseiller d'État,
Avec la confiance, et tout l'air de conquêtes
D'un nouveau maître des requêtes.
Déjà je vois passer avec poids et fracas
Sa chaise, qui ne finit pas ;
Car il a l'avant-train, et marche l'entre-pas,
Suivant le style et l'ordre de bataille
Du processionnal et galant appareil
Que l'on voit, les jours de conseil,
De Sèvre, à pas comptés, cotoyant la muraille,
Embellir longuement le chemin de Versaille.
Il brûle d'arriver, fermement convaincu
Que Monseigneur l'attend avec impatience,
Et qu'en triomphe il va se voir reçu
Par les gens de Son Excellence,

Dont pourtant il n'a pas l'honneur d'être connu.
Près de toucher au terme, il s'annonce d'avance,
Au feu de ses coursiers, trop long-temps suspendu,
Il permet le grand pas, jusqu'ici défendu ;
Déjà le bruit des fouets trouble la paix profonde
De l'auguste séjour ; l'air au loin est ému ;
Tous les chiens du village, à ce bruit imprévu,
Poussent des cris affreux, et l'écho les seconde.
Cependant le char vole, et le brillant élu
Enfile l'abbaye ; on voit fuir à la ronde
Tout le colombier éperdu,
Toute la basse-cour ; Claudine et Radegonde,
Voyant sur leurs canards tant d'effroi répandu,
Souhaitent que le ciel confonde
Le cocher, l'équipage, et le nouveau venu.
Sans connaître personne, il rit à tout le monde
Avant que d'être descendu ;
Il s'essuie ; il descend : faut-il croire aux présages ?
Ont-ils quelque valeur pour un homme de bien ?
N'apercevant partout que de sombres visages
Qui ne lui disent rien,
Pour la première fois son air riant s'altère ;
Le plaisir dans son sang cesse de circuler ;
Une épouvante involontaire
Le fait frissonner, chanceler
Sur le perron tremblant du palais qu'il révère.
Tel Pélée, arrivant au temple du Destin,
Fut frappé d'un effroi, d'un tremblement soudain.
Tel un petit novice avec crainte s'avance

Au moment de chanter une leçon au chœur,
Et reçoit, en gardant une humble contenance,
La bénédiction de son supérieur.

FIN DU CHANT SIXIÈME.

CHANT SEPTIÈME.

Remettez-vous, dissipez vos alarmes,
Maire toujours heureux, comme toujours galant !
Un effroi bien plus violent
De votre brusque entrée aurait troublé les charmes
Si, se rencontrant là, comme je l'aurais cru,
La Jeunesse vous avait vu
Tomber au sein de ces contrées
Avec votre air aimable et toutes vos livrées.
Mais c'en est déjà fait : d'un noir pressentiment
Monsieur Pommier écarte le nuage,
Grace à son bon tempérament;
Et s'avançant avec courage,
A repris son enchantement.
Cependant sur son ministère
Sa prudence toujours laisse un voile discret,
Assuré d'obtenir un entretien secret
De Monseigneur, seul instruit du mystère.
Mais sa Grandeur travaille, on ne la peut distraire
En ces respectables instants;
Dans l'antichambre solitaire,
Forcé d'attendre, il occupe son temps.
Là se trouve à propos un miroir à la mode
Au règne de Hugues Capet.
Monsieur Pommier y raccommode
Et son jabot et son toupet;

Il repasse sa période,
Il se promène, il rêve, il se creuse l'esprit
Pour y bien graver et bien rendre
Un très-beau compliment écrit
Que prudemment il a pris soin d'apprendre.
Il a du temps, et sait attendre.
Frappé de séduisants objets,
Il admire par la fenêtre
Ces vieilles tours, ces murs épais,
Qu'une brillante ivresse à ses yeux fait paraître
Dans toute la beauté d'un superbe palais,
Annoncé par des avenues,
Couronné de jardins, de berceaux, de bosquets,
Et de vases et de statues.
Tel, plein de sa princesse, et tenant pour certain
Tout ce qu'il se plaisait à croire,
Le héros de la Manche, en volant à la gloire,
Prit le plat du barbier pour l'armet de Mambrin.
Émerveillé surtout de l'auguste silence
Qui tient tout en respect en ce lieu de plaisance,
Monsieur Pommier adore et bénit à jamais
Ce sanctuaire heureux de l'éternelle paix,
Où Monseigneur, tout seul, dans sa toute-puissance,
Chaque jour de bonne heure éveille ses valets,
Compte avec ses fermiers, règne sur ses sujets,
Lit, pour se récréer, quelque longue ordonnance,
Fait de petites lois d'imagination,
De jolis réglements de spéculation,
Et des arrêts sans conséquence.
C'est dans ce Tivoli charmant,

Entre Flore et Cujas, et Barême et Pomone,
Que cet esprit fait trop solidement
Pour permettre chez lui le frivole agrément,
Ni tous les frais qu'occasione
L'infructueux amusement,
Ni tous ces insectes d'automne
Qu'on nomme des voisins; invisible et content,
Se partage agréablement
Entre le soin de sa personne
Et le compte de son argent;
Quelquefois seulement, par grace spéciale
Pour l'espèce provinciale,
Ou pour faire revivre au milieu des hameaux
La majesté seigneuriale
Dont nos grands d'autrefois, qui n'étaient pas des sots,
Savaient frapper les yeux des peuples leurs vassaux;
Dans la forme primordiale
Il renouvelle un droit de nos anciens châteaux.
Et quelle est cette image antique
De pompe, de grandeur, d'altesse domestique?
La voici très-fidèlement
Comme il la connaît et pratique;
Et de son grand couvert, très-gravement comique,
Vous allez voir exactement
Le cérémonial unique,
Incroyable, mais authentique.

Faisant dans certains jours ouvrir l'appartement,
A l'heure de midi, sans vouloir seulement
Faire grace d'une seconde,

Le spectre châtelain sort de son monument;
La cloche du château, d'un son auguste et lent,
Notifie aux humains la dignité profonde
D'un spectacle à la fois vénérable et galant.
Il dîne, sous un dais, à la face du monde.
Quoiqu'il se prête au peuple, il en est séparé
Comme l'astre du jour l'est de la mappemonde;
Car pour conserver l'ordre en ce lieu révéré,
Tel qu'une digue en butte aux vains efforts de l'onde,
Un balustre, autrefois doré,
Tient en respect la foule vagabonde,
Et réprime les flots dont il est entouré.
Seul admis dans l'enceinte, et debout sans rien dire,
En manteau long, l'air béatifié,
Le curé du village admire
L'éclat de son clocher ainsi glorifié :
A peine verrait-on briller sur son visage
Plus d'importance et de splendeur,
Si par hasard le ciel lui donnait l'avantage
D'enterrer un jour Monseigneur.
Au reste, ce spectacle, où tant de gloire abonde,
N'attire pas seulement
Le peuple de ce lieu charmant.
On y vient ces jours-là, de fort loin à la ronde:
Ainsi les habitants des bords de la Gironde
Jadis voyaient dîner dans son triste palais
Ce vieux duc d'Épernon, glorieux à jamais,
Et des seigneurs hautains la colonne dernière,
Avant le grave abbé qui dans sa cour plénière
Tient le plus maigre des banquets.

L'assemblée, en sa vive attente,
Que tempère en secret sa vénération,
N'en obtient pas un mot, et se contente
D'un regard de protection.
Mais il est temps d'aller enfin reprendre
Monsieur Pommier, que j'ai laissé
Arpentant l'antichambre, assez embarrassé
De la manière dont va prendre
Le compliment qu'il a tracé,
Et que dans son chapeau, de peur de se méprendre
Il a très-finement placé.
Vous serez fort heureux si vous pouvez l'entendre.
Au reste, en tout ceci qu'on ne soit point pressé;
Qu'on ne m'en veuille pas, si l'on me voit suspendre
Le dénoûment du récit commencé.
Ne croyez pas que le Parrain ignore
Que son vicaire est en ces lieux :
Mais l'ordre accoutumé ne permet point encore
Qu'il se manifeste à ses yeux.
Quand Monseigneur n'aurait au fond de sa retraite
Qu'une lettre à bien cacheter,
Que l'Almanach royal à voir, à méditer,
Ou qu'à relire la gazette,
Il faut maintenir l'étiquette,
Et se faire à la fois attendre et respecter.
Dans une tour impénétrable,
Loin de l'antichambre et du bruit,
Au bout de l'enfilade, est le profond réduit,
Le cabinet sacré du mage vénérable :
Sur son bureau, peut-être, il dort en ce moment.

Tandis qu'en attendant sa bienheureuse vue,
Monsieur Pommier est là planté pieusement,
Ainsi qu'on voit une statue
A la porte d'un monument.
Mais vous dont vainement je cherche ici la trace,
Vigilant La Jeunesse, infatigable Argus !
Où vous cachez-vous donc? vous, que rien ne remplace?
Pourquoi ne vous montrez-vous plus
Quand l'ennemi paraît, quand le péril menace?
Êtes-vous donc rayé du livre des vivants,
Tel qu'un titre gothique effacé par les ans?
O jour de douleur! ô disgrace!
Il vit, si vous voulez, il se porte encor bien;
Mais le sort rigoureux, qui ne respecte rien,
Réserve à son repos une atteinte cruelle.
Faut-il que le malheur en veuille aux gens de bien,
Et qu'il soit trop souvent l'unique prix du zèle!

FIN DU CHANT SEPTIÈME.

CHANT HUITIÈME.

La Jeunesse, croyant, tant il a l'esprit fin,
Suivre un avis du ciel et de son bon génie,
En manteau violet, et la canne à la main,
Était, au jour naissant, sorti de l'abbaye,
Moins pour se promener que pour voir en chemin,
De peur de quelque pillerie,
Les réparations qu'on faisait au moulin,
A deux cents toises du jardin.
Parti pour cette surveillance,
Il n'a garde dans son erreur
De soupçonner que Monseigneur
Tend un piège à sa confiance.
Monseigneur, désirant lui laisser ignorer
Qu'un autre du baptême obtient la lieutenance,
Pour être à l'aise et se livrer
Au fol amour de la dépense,
Avait, pour ce jour-là, pris soin de commander
Ces réparations, qui, dans sa prévoyance,
Doivent si bien le seconder;
Convaincu qu'à son ordinaire
L'attentif La Jeunesse irait aux ouvriers,
Et qu'il ne viendrait point distraire,
Par ses colloques familiers,
L'importance de ce mystère,
Ni le lasser d'un calcul affligeant

Sur l'obligation de donner quelque argent.
La Jeunesse, occupé d'accélérer l'ouvrage,
Aurait dans ce travail passé jusqu'à la nuit,
Et, n'écoutant que son courage,
Peut-être eût-il, et sans faste et sans bruit,
Négligé du dîner l'important avantage.
C'eût été son bonheur. Mais volant sur nos pas,
Notre sort nous poursuit, on ne l'évite pas.

L'astre qui répand la lumière
A peine avait fourni le quart de sa carrière,
Quand le berger du lieu, passant là par malheur,
Cria de loin à monsieur La Jeunesse,
Qu'il avait vu, d'une hauteur,
Le train d'un prince ou de quelque princesse
Qui se rendait chez Monseigneur.
A cette nouvelle effrayante,
Frappé d'une image affligeante,
Oubliant le moulin, l'ouvrage et son manteau,
La Jeunesse reprend le chemin du château;
Il court à sa façon, malgré le poids de l'âge,
Croyant trouver tout au pillage,
Jurant d'avance, et vingt fois en chemin
S'interrogeant, se demandant en vain
Quel est ce maudit équipage.
En approchant des murs et des événements,
Il s'arrête de temps en temps
Pour voir s'il n'entend rien du fracas qu'il redoute :
Tel qu'un lièvre rêveur, inquiet, incertain,
Qui s'arrête tout court au milieu de sa route

Pour interroger le terrain,
Dresse l'oreille, observe, écoute;
Tel La Jeunesse attend, tremble, et repart soudain.
Il s'anime, il se presse, il arrive à la fin;
Mais la frayeur le quitte; il respire, il s'apaise,
Voyant un calme heureux régner de tous côtés,
Tout dans l'ordre; une seule chaise,
Et surtout des chevaux qui ne sont pas ôtés.
Pour comble de plaisir (car il n'est point de sage
Dont l'encens des mortels n'enivre la vertu
Et n'humanise l'air sauvage),
Entrant dans l'antichambre, il se voit prévenu,
Accueilli, salué du plus riant visage,
Par un gracieux inconnu,
Qui ne le connaît pas lui-même davantage.
Qu'est-ce? qui? quoi? comment? voyons.
Que faites-vous ici? venez-vous de Soissons?
Avez-vous votre argent? est-ce pour quelque hommage?
Pour mouvances, mutations?
Droit de relief et chambellage?
Ou bien faites-vous ce voyage
Pour des sollicitations?
Pour quelque grace? ou des raisons
D'affaires, de procès? quelle est votre partie?
Êtes-vous député de quelque compagnie?
Ou plaidez-vous tout seul? êtes-vous demandeur?
Ce rôle-là vaut mieux que d'être défendeur.
Votre affaire à Paris doit-elle être portée
A quelqu'un des bureaux qu'on tient chez Monseigneur?
Ou faut-il qu'au conseil elle soit rapportée?

Je devine votre secret :
Quelque cassation d'arrêt
Apparemment? Avez-vous le mémoire?...
La Jeunesse, entraîné par le goût oratoire
Et la facilité de l'élocution,
Aurait encor poussé cet interrogatoire
Et déployé plus loin son érudition,
Laissant monsieur Pommier sans aucun autre rôle
Que des mots commencés, des sons infructueux,
Gesticulant d'avance, et faisant de grands yeux,
Dans l'attente de la parole.
Mais quel bruit imprévu, quel spectacle nouveau
Attire leurs regards dans la cour du château?
Quelle musique arrive! O fatale allégresse!
Je vois s'ouvrir l'abîme où touche La Jeunesse.
Folle indiscrétion, fléau de l'univers,
Que tu causes de trouble et de tristes revers!
Le sot petit laquais du maire le plus sage,
Ayant été courir boire dans le village
Et jaser fort mal à propos
Devant quelques autres nigauds,
On imagina faire une belle ambassade,
Si l'on célébrait au plus tôt
Le parrain primitif et monsieur son prévôt,
En venant leur donner un concert, une aubade;
Concert tel qu'on pouvait l'avoir pour le moment,
Composé pour tout instrument
D'une basse aigre et continue
(Le violon était à la charrue).
Mais à peine râclant la descente de Mars,

La basse paraît sous la porte,
Que sur monsieur Pommier lançant d'affreux regards,
Dans la fureur qui le transporte,
Le plus impétueux des verts petits vieillards
L'apostrophe en ces mots : Nous voilà bien gaillards!
Qu'est-ce donc, s'il vous plaît, que cette sarabande?
Ce benêt avec ces rubans,
Qui saute, qui mène la bande,
Sans doute c'est un de vos gens?
Parbleu! vous êtes fou et votre compagnie.
Qui que vous soyez, croyez-vous
Le séjour habité par nous,
Une maison de symphonie?
Monsieur, répond paisiblement
Monsieur Pommier, cette galanterie
N'est point du tout de moi; mais vraisemblablement
On sait dans le pays la raison qui m'amène,
Et l'on donne au sujet de la fête prochaine
Un petit avant-goût de divertissement.
—Comment donc? quelle fête? et que voulez-vous dire?
Quoi?... —De ma mission puisque l'objet transpire,
Je crois, monsieur, pouvoir vous confier
Que j'arrive pour le baptême
De sa Grandeur, par ordre d'elle-même,
Et que je suis monsieur Pommier.
—Quand vous seriez le diable... Il part sans achever;
Et muet de surprise, outré de ce mystère,
Vole droit aux premiers objets
De sa redoutable colère,
Pour rosser la musique, et revenir après

Chapitrer Monseigneur et s'opposer aux frais.
A sa marche, à sa voix, la basse, l'auditoire,
Tout est en fuite; un seul, que le sort, tout exprès,
Amena pour remplir ses sévères arrêts,
Ose attendre à la porte, et demander pour boire.
La Jeunesse, obligé de le rouer de coups,
Arrive, sort, le suit, s'abandonne au courroux,
Lève la canne, hélas! perd le danger de vue,
Et fait jusqu'à trois pas en courant dans la rue;
Mais, peu propre à courir, et n'ayant plus l'appui
De sa canne, en ce choc perdue,
Au quatrième pas la terre fond sous lui;
Il chancelle, il s'écrie, il combat, gesticule,
Tombe, et du genou droit se démet la rotule.
Pâle, muet, privé de mouvement,
On l'emporte très-prudemment,
Sans aucun bruit, dans la maison prochaine,
De peur que Monseigneur n'apprenne,
Sans préparation, ce triste événement.
Nul des gens n'oserait, dans ce premier moment,
Se charger d'annoncer l'antienne.
Jamais si grand malheur ne fit un moindre effet:
Chacun dans la maison rit tout bas et se tait;
Tant le peuple prend part aux peines, aux disgraces
Des petites autorités,
Qui, ne conduisant sur leurs traces
Que l'aigreur, les refus, l'orgueil, les duretés,
Ignorent l'amitié, la douceur, et les graces!

FIN DU CHANT HUITIÈME.

CHANT NEUVIÈME.

Tandis qu'un noir Génie, ennemi des heureux,
Au dehors du château portait un coup affreux,
Et jonchant de cyprès les pas de La Jeunesse,
Prononçait contre lui le décret rigoureux
D'un mois d'inaction, de gêne, et de tristesse,
Le Plaisir d'autre part, dans le même moment,
Répandait d'une main légère
Ses roses dans l'appartement,
Sans d'autre soin que l'heureux soin de plaire.
Deux mortels fortunés touchaient au doux instant
De se voir face à face et chacun dans sa gloire.
Dix heures approchaient, terme du purgatoire
Prescrit au pèlerin brillant,
Très-soumis, il est vrai, mais très-impatient.
Tout prêt, de son côté, paisible, et sans alarmes,
Monseigneur relisait avec attention
L'acte de procuration,
Contre-signé, muni du grand sceau de ses armes;
Il savourait en paix, de lui-même rempli,
Tous ses titres portés dans l'illustre patente,
Et soulignait, de peur d'oubli,
Cette légende intéressante.
Plaisirs trompeurs, calme infidèle et vain!
Pendant qu'il s'applaudit de sa sublime adresse
Pour éloigner de lui l'austère La Jeunesse,

Et tandis qu'il le croit ferme, tranquille et sain
Au poste important du moulin,
L'infortuné vieillard est encore en faiblesse.
Les Heures cependant, de leur fatal marteau,
Ont frappé dix fois en cadence
L'un des timbres fêlés du tranquille château,
Et la sonnette du bureau,
Bannissant le profond silence,
Du fond du cabinet annonce l'audience :
Le sanctuaire s'ouvre. Interdit, agité,
Monsieur Pommier est présenté :
Il se courbe, il n'est plus qu'une humble révérence.
Il tâche d'entamer avec quelque assurance
Le beau discours de Soissons apporté,
Comptant sur son papier et sur son éloquence :
Mais, ébloui, déconcerté
Par la glorieuse présence,
La pompe du cordon, la plaque du surtout,
Il ne peut en venir à bout,
Et la phrase expire au passage;
Il tire son mouchoir pour se fortifier;
Son mouchoir, son chapeau, ses gants, et son papier,
Tout échappe à ses mains, il est sans connaissance.
Il renaît, il retombe; enfin, moitié silence,
Moitié balbutiant, de l'honneur, du bienfait,
Avec de la reconnaissance,
Et quinze *Monseigneur* tirés à ricochet,
Avec chacun sa révérence,
Trouvant heureusement un terme à son sujet,
L'orateur s'essuie et se tait;

Compliment plus adroit et d'un plus doux langage,
Au jugement de Monseigneur,
Que n'eût été tout l'étalage
D'un intrépide harangueur
Moins frappé du respect qu'imprime la grandeur
Qu'occupé de son verbiage.
Bon jour, monsieur Pommier; avancez librement,
Donnez-moi votre compliment;
Il est juste que je le lise.
J'ai vu de beaux endroits, malgré votre méprise;
Mais enfin, l'homme est homme: adieu l'entendement
Quand la mémoire se divise.
Moi, qui vous parle; moi, j'en pensai faire autant
Lorsque je haranguai le doge de Venise;
Ainsi rassurez-vous, et nous travaillerons.
Êtes-vous un peu prêt sur la cérémonie?
— Monseigneur, j'ai tâché de mon mieux...— Nous verrons.
— Je ne donnerai pas une liste suivie
Des hommages, devoirs, égards, attentions...
— Vous savez tout cela, vous autres de Soissons.
— Oui, Monseigneur...— Tant mieux! rapportez-moi l'affaire
Et prenez des conclusions.
Holà, quelqu'un! mon secrétaire,
Pour tenir un état de mes intentions.

Peintre de la simple nature,
Génie heureux et vrai qui, daignant affermir
Ma main errante à l'aventure,
As consacré des traits peu faits pour la parure,
Et médiocrement faciles à saisir;

Que ta carrière ici s'arrête,
Tandis que du Parrain le grand travail s'apprête :
Je te rends tes crayons; il fallait ton secours
Pour peindre dans tous leurs atours
La scène, les acteurs, le dessin de la fête;
Il fallait que cet art, ce pouvoir enchanteur
Qui sait au moindre objet imprimer sa splendeur,
Et des voiles épais qui couvrent la matière
Fait éclore à son gré les fleurs et la lumière,
Versât quelques rayons de l'esprit créateur
Sur cette obscure et stérile carrière
Où j'ai voulu tracer l'ombre de Monseigneur,
Et de son chevalier la marche aventurière.
Mais tu n'as plus de fonction;
Je dois, sans art et sans prétention,
Réduit pour achever cette étrange aventure
A l'esprit des héros dont j'ai fait la peinture,
Leur confier la fin de l'expédition,
Et rendre mot pour mot leur conversation
Dans la simplicité de la franche nature;
Ce serait en gâter le ton
Que d'y mêler quelque parure.
D'ailleurs il est de règle, et juste en vérité,
Que les paroles d'un grand homme
Passent à la postérité
Dans la plus grande intégrité
De leur primitif idiome,
Quand il dérogerait, de son autorité,
A la grammaire du royaume.
Remarquez seulement, car il faut dire tout,

De ce dernier tableau l'imposante ordonnance;
Là le Prince-parrain siège avec complaisance,
Rayonnant de plaisir d'exercer sa puissance;
Plus loin le rapporteur est humblement debout
Dans les ravissements d'une ame séraphique,
Vis-à-vis le fauteuil du Parrain magnifique;
Et sur un tabouret, au bout d'un long bureau,
    Un petit scribe prend séance
Pour registrer la fête, avec un bordereau
    Des articles de la dépense.
    On va commencer; on commence.

FIN DU CHANT NEUVIÈME.

CHANT DIXIÈME.

Premièrement, mon cher monsieur Pommier,
Avant que d'en venir à l'article premier,
Je vous charge d'office, étant mon commissaire,
D'un mot d'avis préliminaire,
Pour votre hôtel-de-ville : on est bien écolier
Chez vous sur l'étiquette; on ne s'y forme guère.
Je ne vous blâme point, vous, en particulier;
Car, sur ce qu'on m'a dit de votre caractère,
Je vous distingue et je vous considère :
Mon choix a dû vous le notifier.
Vous pensez dans le grand; mais vous n'êtes que maire,
Et l'on ne peut dans ce métier
Tout le bien que l'on voudrait faire.
J'en veux donc à la ville, à Soissons tout entier.
Vos petits citadins, dans la présente affaire,
Ont eu le procédé le plus irrégulier...
—Mais en quoi, Monseigneur, a-t-on pu vous déplaire?
— Comment! en quoi? la chose est assez claire :
Le trait de la marraine est un peu familier...
—Monseigneur, elle est jeune et charmante! —Misère!
Qu'elle soit bien ou mal, ce n'est pas mon affaire,
Ce n'est point là le nœud. — Si j'osais supplier
Votre Grandeur d'expliquer ce mystère.
— Puisqu'il faut tout vous dire et tout spécifier,
Je vous le tranche net : je trouve singulier

Qu'on ne m'ait pas donné la ville pour commère,
Et qu'on aille m'associer
Une simple particulière,
Comme si l'on n'avait affaire
Qu'à quelque petit conseiller;
Heureusement je protège le père,
Sans quoi l'enfant aurait eu beau crier
Pour l'honneur que je vais lui faire.
J'ai pensé vous le renvoyer
Comme un petit bourgeois au baptême ordinaire.
—Monseigneur...—C'est un tort que je daigne oublier;
Mais je le trouverai toujours fort singulier.
Passons. Pénétrez-vous de votre ministère,
Songez à bien étudier
Que me représentant comme il est nécessaire,
Enfin ayant un caractère,
Vous cessez ce jour-là d'être un particulier.
Prenez sur vos bourgeois, dans toute la séance,
Le ton que que je prendrais, la même contenance;
En un mot, que votre air leur en impose à tous;
Et qu'on garde en votre présence
Le respect, l'ordre et la décence,
Comme si ce n'était pas vous.
D'abord je veux que tout soit à la grande;
Vous m'entendez; mais je ne prétends point
Qu'il vous en coûte un sou, non; et je vous commande
D'accuser tout de point en point.
Quant à l'enfant, j'ordonne au curé qu'il l'appelle
Soissons-Médard-Félicité-Fidèle.
Vous, là-bas, écrivez... Mais, comment! quel cahier

Tirez-vous là, monsieur Pommier?
C'est un in-folio... — Si Monseigneur veut lire,
Ou que son serviteur le fasse, il trouvera
Tout ce que l'honneur peut prescrire
Pour un jour comme celui-là,
Et du parfait, j'ose le dire...
— J'ai compté là-dessus... Vous entendez cela,
A ce qu'on dit, mieux que personne.
— Oh! Votre Grandeur est bien bonne;
Elle se moque, en vérité.
Certainement, je serais bien flatté,
Si j'osais espérer la gloire...
—Voyons, monsieur Pommier, lisez votre mémoire...
— Au reste, Monseigneur, pardon,
S'il n'est pas travaillé quant à la diction:
J'avais si peu de temps...—Voyons, c'est tout de même,
Si rien n'est oublié. Lisez... — « Plan de baptême
« Pour, au nom de très-haut et très-puissant seigneur...»
— Et le reste, passez: de peur de quelque erreur,
La procuration porte une liste exacte
Des noms et qualités; vous les mettrez dans l'acte,
Et tout au long, pour faire honneur
A l'enfant, aux parents, à vous, à la patrie,
Poursuivez. — « Première partie,
« Paragraphe premier. Primo. Si Sa Grandeur
« Règle qu'au point du jour la grande sonnerie
« Réveille tout Soissons pour la cérémonie;
« Si, de plus, elle veut que, mise lestement,
« La milice bourgeoise, en cet événement,
« Fasse une double haie, et que dans la sortie

« On commande un détachement
« De la première compagnie
« Pour assurer la marche, et pour garder l'enfant,
« Comme on vous garderait, là tout pareillement
« Que si Votre Grandeur, se passant de copie,
« Brillait là personnellement... »
— Sans doute, volontiers, c'est très-bien; j'imagine
Que votre fête aura fort bonne mine,
Moyennant ce cortège: on ne peut rien de mieux.
Outre l'effet qu'elles feront aux yeux,
Vos troupes préviendront l'embarras, les désordres.
Après. Que n'allez-vous? Lisez donc...—Monseigneur,
J'attends que sur ce chef vous me donniez vos ordres...
— Moi, j'y consens de tout mon cœur :
Que vous faut-il de plus ?... —Votre galanterie,
Monseigneur. C'est à vous de décider les frais
Pour les carillonneurs de chaque confrérie,
Tant par clocher. Quant à l'infanterie,
Cinq cents cocardes à peu près,
Tant pour boire, et les frais de la mousqueterie...
—Vraiment, monsieur Pommier, je sens que l'appareil,
Tous les honneurs publics, et la magnificence,
Conviennent dans un cas pareil.
Mais écoutez : comme je pense
Que quand vous aurez fait des plaintes de ma part
Sur la marraine, qui m'offense,
La ville sentira sa faute à mon égard,
Ne voulant point me brouiller avec elle,
Je crois expédient de laisser à son zèle
Un moyen de tout réparer,

Et l'occasion la plus belle
De me plaire et de s'honorer.
Par politique donc je m'abstiendrai d'entrer
Dans ce qui doit ici concerner la police,
Les droits de la personne, et le bien du service.
Je me suis arrangé là-dessus ; nous verrons
Si mes soins protecteurs intéressent Soissons.
Sur ces premiers détails de règle et de décence
Je laisse carte blanche à votre intelligence :
Ne manquez point d'avoir l'attention,
Dès le lendemain du baptême,
De me mander les honneurs qu'en mon nom
Vous aurez obtenus vous-même.
Si tout s'y passe avec distinction,
Dans tous les agréments d'une fête complète,
Je vous permets d'en faire une relation
Que vous mettrez dans la gazette.
Continuez, monsieur Pommier :
Vous n'avez pas besoin de m'inventorier
Tout ce que la ville doit faire ;
Laissons le fait public, venons à mon affaire ;
Sautez quelques feuillets, lisez vers la moitié...
— Monseigneur, ceci fait un système lié,
Et je n'y serai plus pour peu que je m'écarte :
Il faut tout lire ou rien.... — Soit. Serrez la pancarte,
Et causons de mémoire. Allons, vite, arrangeons
Tout en règle ; mais abrégeons,
Car mon courrier m'attend...—Si par malheur j'oublie
Quelque chose, je vous supplie
D'observer, Monseigneur, que j'étais préparé,

Et que... — Je vous le passerai.
Je suis bien convaincu que vous êtes capable;
Procédons à l'indispensable.
D'abord, n'est-il pas vrai, nous avons un curé?
—Oui, Monseigneur...—Allons, que tout soit à la grande,
Je le répète et vous le recommande.
Ainsi pour le curé qu'on mette douze francs.
— Qu'est-ce que Sa Grandeur commande
Pour monsieur le vicaire et les clercs assistants?
— Je suis le serviteur de monsieur le vicaire.
Quand son curé travaille il n'est pas nécessaire,
Et je ne prétends pas introduire d'abus.
Vos petits clercs, néant; des manants revêtus
Qui se font tonsurer pour gagner de quoi boire.
—Le bedeau, Monseigneur? — Ah! c'est une autre histoi
Trente sous au bedeau. — Combien ordonnez-vous
Qu'on donne au Suisse?... — Au Suisse? trente sous,
Comme au bedeau, sans différence,
Pour ne point faire de jaloux.
—Combien Votre Grandeur veut-elle qu'on dépense
En cierges pour l'église? il en faudrait partout.
—Mon cher monsieur Pommier, vous n'avez point de goû
Des cierges ont toujours l'air triste et mortuaire.
Il faut pour une fête, et surtout celle-ci,
Un jour de beau soleil baptiser à midi.
Enfin ce n'est point là le cas d'un luminaire...
— Nous avons maintenant les pauvres... L'ordinaire,
Dans un baptême honnête, est de donner pour eux.
— Eh fi! monsieur Pommier, vos pauvres sont des gueux;
J'ai mes pauvres. Passons... — En pareille occurrence

L'orgue joue ordinairement;
C'est aux frais du parrain...— Autre abus, ignorance.
Depuis feu Couperin, que j'ai connu vivant,
Nous n'avons plus d'orgues en France :
Mais n'importe, je veux que chacun soit content;
Marquez quarante sous... — Voilà toute l'église,
Monseigneur, à peu près... Quant au reste?— Comment?
Quel reste, s'il vous plaît?— Dans mon dénombrement
La marraine n'est point comprise :
En outre, les tireurs, la suite de l'enfant,
Le souper, les gens... — Patience!
Vous vous laissez aller à votre pétulance.
Entendons-nous, monsieur Pommier :
Qu'est-ce que des tireurs? pour brûler le quartier?
On les a défendus... Pour la cérémonie,
A la bonne heure, armez la bourgeoisie,
Mais sans poudre, ni plomb, de peur des accidents.
Il faudrait un peu mieux savoir les réglements :
Faut-il que je vous les apprenne?
Et que fait là votre marraine?
Pourquoi? — L'usage veut qu'on envoie un bouquet,
Que d'un joli ruban on le noue avec grace.
— Gentillesse bourgeoise, usage freluquet.
Un bouquet! fi donc! moi! comment, un homme en place
Donner dans le colifichet?
N'allez-vous pas aussi me parler du hochet?
Vous vous moquez du monde : est-ce que je veux plaire?
Qui? moi! lui présenter, sottement généreux,
Un ruban dont elle ira faire
Un nœud-d'épée à son jeune amoureux?

Eh! non, non; taisez-vous. Que disiez-vous ensuite?
La femme de chambre, oui! délire que cela.
Donner à ces espèces-là,
C'est protéger leur mauvaise conduite.
Après, après... — Monseigneur réglera
Pour la sage-femme et la garde...
—Eh mais! monsieur Pommier, un peu plus de raison;
Est-ce que dans une maison
Tout ce bagage-là se garde
Après deux ans de couche? Imagination!
On jetterait donc tout par les fenêtres? Non,
Je juge mieux de leur économie,
Et c'est faute d'attention
Que vous me faites mention
Et de la sage-femme et de sa compagnie.
Après cet article, je croi,
Vous parliez du souper : il est d'ordre et de style
Que pour un homme comme moi
On présente le vin de ville :
On vous l'apportera. Je le donne : de plus,
Le capitaine de mes chasses
Aura mes ordres là-dessus;
Il vous fera tenir six lièvres; du surplus
Je m'en fie à vos soins, votre goût, et vos graces,
Pour faire les honneurs, sans qu'il vous coûte rien.
Au moins je crois que voilà bien
Toute notre fête arrangée.
—Vous m'excuserez, Monseigneur :
Vous voulez savoir tout; ainsi Votre Grandeur
Au sujet de l'enfant demeure encor chargée...

— Autre radotage à présent,
Avec votre éternel enfant
Et tout votre train d'accouchée!
— Monseigneur, je vous veux rappeler simplement
La nourrice, et je crois d'usage et de justice...
— Que m'allez-vous chanter avec votre nourrice?
Mon cher monsieur Pommier, vous perdez le bon sens.
Une nourrice! Il a deux ans, quand on calcule;
Ce vilain enfant-là serait bien ridicule
S'il tétait encore à deux ans.
Quelle horreur! Voilà tout? — J'oubliais les dragées;
Vos mains à ce présent sont encore engagées.
Votre Grandeur sait bien, je croi,
Que les parrains... — De bonne foi,
Monsieur Pommier, des bonbons à votre âge!
Allons donc, point d'enfantillage,
Ni de menus détails; il faut aller au grand,
Quand on le peut : avec votre talent,
Vous pouvez faire ici des choses admirables.
A propos, vous avez un modèle excellent
Pour atteindre au succès des fêtes mémorables :
Imitez monsieur Martinet,
Immortel, quoique assez benêt.
Pour peu qu'on ait de la lecture,
On connaît l'illustre aventure
Qui l'élève auprès des grands noms.
Relisez-moi l'Histoire de Soissons,
Tome deux, livre six, et chapitre trentième;
Cela vous fera votre thème.
Vous y verrez le zèle et toute la splendeur

Dont monsieur Martinet, en l'an quinze cent trente,
Dans la solennité d'une fête imposante,
Accompagna la pompe et signala l'honneur
D'un abbé mon prédécesseur.
C'est un des beaux morceaux qu'ait le genre historique.
Pour vous guider en tout, sans marcher au hasard :
Apprenez là ce qu'il faut qu'on pratique
Lorsqu'un abbé de Saint-Médard
Veut bien être l'objet d'une fête publique.
Dans un goût plus moderne et d'autres agréments,
Pour votre front ce laurier va renaître;
Enfin il ne tient qu'à vous d'être
Le Martinet de votre temps.
Vous en êtes capable, et je vous fais d'avance
Mon compliment sur la séance,
Sur l'honneur qui vous reviendra
Du goût et de l'intelligence
Que votre esprit y répandra.
Vous n'avez eu la préférence
Que parce que j'ai cru ne pouvoir mieux choisir.
Je suis charmé que cette circonstance
M'ait donné les moyens de vous faire plaisir.
Portez-vous bien. Votre équipage
Sans doute n'est pas loin? vos chevaux sont-ils bons?
— Oui, Monseigneur; j'ai choisi dans Soissons
Ce que l'on a de mieux en chevaux de louage :
J'en ai quatre excellents. Je dois certifier
Que je suis avec eux venu fort à mon aise.
—Combien les louez-vous? —Dix francs avec la chaise.
—C'est un marché fort bon. Adieu, monsieur Pommier.

A cette réponse dernière,
Tout est dit, le travail est fait,
Et l'Excellence douairière
Gagne son second cabinet.
Elle entre; la porte se ferme.
Pâle, muet, pétrifié,
Monsieur Pommier congédié,
Reste immobile comme un terme :
Le pauvre homme me fait pitié;
Car sans le connaître je l'aime,
Et je suis bien sûr que vous-même
Vous l'avez pris en amitié,
Et que vous partagez mon déplaisir extrême
En le voyant saisi, confondu, foudroyé;
Quoique vous n'ayez point peut-être,
Non plus que moi, l'honneur de le connaître.
N'importe, il éprouve un revers
Que ne méritait point son appareil auguste;
Et les infortunes du juste
Doivent être toujours un deuil pour l'univers.
De ses sens, par bonheur, il a repris l'usage;
Il regagne à pas lents son pompeux attelage,
Que, tombant d'inanition,
Ses gens avaient traîné, par pitié, par raison,
Dans le cabaret du village
Pendant la conversation.
Quant à lui, ne voulant, dans son affliction,
Qu'un verre d'eau pour reprendre courage,
Il l'obtient, et le sent s'arrêter au passage.
Il rembarque bientôt pour les champs de Soissons

Ses malheureux écrits, son brillant étalage,
Et ses tristes réflexions.
Bien du plaisir, et bon voyage!
C'en est donc fait, le palais enchanté
S'écroule et disparaît : un désert sombre, aride,
Couvre ces lieux de volupté
Où brillaient les jardins d'Armide.
O grandeurs de la terre! ô songes d'un instant!
Biens, parrains, univers, tout est cendre et néant!
Comment soutiendra-t-il sa douleur infinie
Dans cette révolution?
Faudra-t-il au moment de la cérémonie
Voiler le chef d'Agamemnon?
Irons-nous entourer d'une litre funèbre
Et joncher tristement de branches de cyprès
Cette maison de fleurs, hier l'heureux palais
D'une félicité célèbre?
Il revoit en tremblant et détournant la vue,
Les clochers de Soissons s'élever dans la nue :
Que dire à son retour? changera-t-il de ton?
Du Destin, envers lui, va-t-il, contant l'offense,
S'exposer aux propos, au triomphe, au jargon,
Aux discours de condoléance
Des mauvais plaisants du canton?
Paraîtra-t-il sans artifice,
Aussi désespéré que l'époux d'Eurydice
A son triste retour du manoir de Pluton?
Vous aviez bien raison, ô vous nos bons aïeux!
Vous dont, à tous les temps, le bon sens doit s'étendre,
Quand vous disiez sans art, comme je le dois rendre,

« Qu'il fait bon battre glorieux. »
Jamais la vanité ne change de visage :
Au milieu des revers, au sein de la douleur,
Elle sait se donner l'air brillant du bonheur,
Et du triomphe même emprunter le langage.
Un autre, remettant l'onéreuse faveur,
Eût planté là tout le bagage
De l'enfant et de Monseigneur ;
Mais monsieur Pommier est trop sage
Pour aller prendre de l'humeur,
Et perdre, faute de courage,
La bonne fortune et l'honneur
D'être, tant bien que mal, un premier personnage,
Fût-ce aux dépens de son ménage.
D'une lourde obligation
Il porte dans ce jour le fardeau sans partage;
Car, malgré son rapport et la prétention
D'associer la ville aux frais de l'équipage,
Les échevins disant que ce n'est pas l'usage,
Soissons de Monseigneur, avec soumission,
Attend la haine et l'indignation ;
Et si monsieur Pommier lui-même
N'aide de son argent l'éclat de son destin,
La gazette a bien l'air de passer son chemin
Sans apprendre à l'Europe un mot de ce baptême.
L'aventure est terrible : il en sort triomphant;
Il meurt au lit d'honneur, il a nommé l'enfant,
Et montré qu'un esprit élevé, magnanime,
Une fois engagé dans la route sublime
Du temple radieux de l'Immortalité,

Doit braver les travaux, l'effroi pusillanime,
Contempler les périls avec sérénité,
Et ne point s'arrêter qu'il n'ait atteint la cime
D'où la brillante déité
Lui présente la palme et du regard l'anime.
Si le vice-parrain, dans la solennité,
N'eut point absolument l'air de félicité
Qui brillait sur son front lorsqu'il formait sa liste;
Si dans ce triomphe écourté
Sa majestueuse gaîté
Ne put manquer d'être un peu triste,
Égal et tout entier quant à l'autorité,
Digne représentant plein de son caractère,
Il ne rabattit rien de la sublimité
Des rêves de son ministère;
Le dépit n'ôta rien au ton du magistrat,
Et l'empreinte de l'importance
Lui conserva les traits de son premier éclat
Jusque dans ses revers et dans sa décadence.
Ainsi, malgré sa chute et l'injure des temps,
La vaste et célèbre Palmyre,
Survivant avec gloire à tous ses habitants,
A ses maîtres, à son empire,
Parmi les monuments, les marbres mutilés,
Les dômes abattus, les portiques croulés,
La cendre des palais, les ronces, les épines,
Palmyre atteste encor sa première splendeur,
Et conserve un air de grandeur
Dans son désert et ses ruines.
Ainsi la tour de Montlhéri,

Le front nu, sans créneaux, et rongée à demi
Par l'air, les siècles et la lune,
Aux yeux du voyageur à ses pieds recueilli
Étale encor l'orgueil d'une antique fortune.

Des gens minutieux et qui ne passent rien
Demandent sans doute à combien,
Dans ce grand jour de gloire et de petite joie,
Se monta la dépense; or, pour le savoir bien,
A monsieur Pommier même ici je les renvoie;
De régler un tel compte il a seul le moyen.
Tout ce qu'on a pu voir, c'est qu'il y mit du sien
Vingt-sept francs d'argent blanc, et dix sous de monnaie.
Mais si son nom demeure, en dépit des jaloux;
Si mon faible crayon peut ici le soustraire
A ce gouffre des temps, où tombe le vulgaire,
Ne doit-il pas trouver bien placés et bien doux
Les frais qu'il fut contraint de faire?
Aux siècles à venir le voilà sûr de plaire
Pour ses vingt-sept livres dix sous:
L'immortalité n'est pas chère.

La morale de tout ceci
(Car que vous servirait de ne lire l'histoire
Que pour savoir des noms et des faits? J'ose croire
Que vous ne lisez point ainsi,
Et que vous prétendez ici
Vous nourrir l'ame autant que la mémoire;)
La morale donc, la voici:
N'édifiez aucun système

Sur la vanité d'un vilain.
Répondez ici-bas tout au plus de vous-même;
Avant que de bâtir sondez bien le terrain;
Et ne tenez jamais un enfant au baptême
Que vous n'en soyez le parrain.

FIN DU PARRAIN MAGNIFIQUE.

LE GAZETIN.

A MESSIEURS LES NOUVELLISTES.

20 avril 1770.

Brillants inspecteurs de la terre,
Qui, selon vos goûts et le vent,
Annoncez la paix ou la guerre,
Sans conséquence assez souvent;
Nouvellistes, heureux génies,
Qui, sous les couleurs rembrunies
De ce printemps si glacial,
Formez déjà, tant bien que mal,
Vos comités, vos colonies,
Et promenez, d'un pas égal,
Vos lumineuses rêveries
Dans le jardin de l'Arsenal,
Au Luxembourg, aux Tuileries,
Dans le Temple, au Palais-Royal;
Vous enfin que l'on ne voit guère
Que soucieux et mécontents,
De l'un et de l'autre hémisphère
Si les morts et les accidents
Ne raniment vos passe-temps
D'une pâture nécessaire:
En attendant les doux instants
De cette gazette si chère

Que sans doute ce temps contraire,
Cette neige, ces ouragans,
Et ces courriers toujours trop lents,
Vous retardent d'un ordinaire,
Parcourez, pour tuer le temps,
Ce Gazetin préliminaire.
Sans doute de plus grands objets
Vous arriveront par Calais,
Par Cologne, et par la Hollande;
Mais il n'en est point de plus frais;
Il vient d'éclore; on vous le mande.
Vous pourrez en être attendris,
Si pourtant les humbles récits
Des cabanes provinciales
Peuvent occuper des esprits
Chargés du sort des capitales;
Daignez nous voir pour un moment,
Et lisez un événement
Qui regarde votre corps même.

Le samedi, sept du courant,
Un fait affreux, désespérant,
A pensé d'un regret extrême
Nous accabler subitement,
En avançant l'instant suprême
Et les billets d'enterrement
Du célèbre monsieur Vaillant.
— Quel Vaillant...? — Point d'impatience,
Messieurs; si jusqu'à ce moment
Vous ignoriez son existence,

Vous allez être assurément
Charmés de faire connaissance;
Et bien loin de rougir de lui,
Quand vous apprendrez aujourd'hui
La belle passion unique
Qui le mène aux mêmes sentiers
Où vous courez la politique.....

LETTRE

D'UN HOMME RETIRÉ DU MONDE

A UN DE SES AMIS.

JE vois régner sur ce rivage
L'innocence et la liberté.
Que d'objets dans ce paysage,
Malgré leur contrariété,
M'étonnent par leur assemblage!
Abondante frugalité
Autorité sans esclavage,
Richesses sans libertinage
Charges, noblesse sans fierté.
Mon choix est fait; ce voisinage
Détermine ma volonté;
Bienfaisante Divinité,
Ajoutez-y votre suffrage.
Disciple de l'adversité,
Je viens faire dans ce village
Le volontaire apprentissage
D'une tardive obscurité.
Aussi-bien de mon plus bel âge
J'aperçois l'instabilité;
J'ai déjà, de compte arrêté,
Quarante fois vu le feuillage
Par le Zéphyr ressuscité;

Du printemps j'ai mal profité,
J'en ai regret; et de l'été
Je veux faire un meilleur usage.
J'apporte dans mon ermitage
Un cœur dès long-temps rebuté
Du prompt et funeste esclavage,
Fruit de la folle vanité.
Paysan sans rusticité,
Ermite sans patelinage,
Mon but est la tranquillité.
Je veux, pour unique partage,
La paix d'un cœur qui se dégage
Des filets de la volupté.
L'incorruptible probité,
De mes aïeux noble héritage,
A la cour ne m'a point quitté;
Libre et franc sans être sauvage,
Du courtisan fourbe et volage
L'exemple ne m'a point gâté.
L'infatigable activité,
Reste d'un utile naufrage;
Mes études, mon jardinage,
Un repas sans art apprêté,
D'une épouse économe et sage
La belle humeur, le bon ménage,
Vont faire ma félicité.
C'est dans ce port qu'en sûreté
Ma barque ne craint point l'orage.
Qu'un autre à son tour emporté
Au gré de sa cupidité,

Sur le sein de l'humide plage,
Des vents ose affronter la rage;
Je ris de sa témérité,
Et lui souhaite un bon voyage.
Je réserve ma fermeté
Pour un plus important passage,
Et je m'approche avec courage
Des portes de l'éternité.
Je sais que la mortalité
Du genre humain est l'apanage.
Pourquoi seul serais-je excepté?
La vie est un pélerinage;
De son cours la rapidité,
Loin de m'alarmer, me soulage.
De sa fin, quand je l'envisage,
L'infaillible nécessité
Ne me saurait faire d'outrage.
Brûlez de l'or empaqueté,
Il n'en périt que l'emballage;
C'est tout: un si léger dommage
Devrait-il être regretté?

FIN.

www.ingramcontent.com/pod-product-compliance
Ingram Content Group UK Ltd.
Pitfield, Milton Keynes, MK11 3LW, UK
UKHW020303220726
13923UKWH00003B/1001